マイナーノートで

上野千鶴子

NHK出版

マイナーノートで

『マイナーノートで』目次

Ⅰ　通奏低音

「父の娘」として　8
棄教徒　10
犬派　16
衛生観念　22
師匠のＤＮＡ　26
後悔だらけの人生　32
役に立つ、立たない？　39
捨てられない理由　45
不要不急　50

II　インテルメッツォ

チョコレート中毒　58
寿司食いてえ……　62
フラワーボーイ　67
芝居極道　73
山ガール今昔　78
森林限界　83
トイレ事情　88
テキストのヴェネツィア　93
旅は人の記憶　104

III　リタルダンド

被傷体験　112
娘が戦争に志願したら？　120
学校に地雷を置いてきた……　126

変わる月経事情　132
度はずれたナルシシズム　137
産まないエゴイズム？　142
認知症当事者から見える世界　147
医者の死に方　153
憤怒の記憶　160
とりかえしのつかないものたち　165
死ぬ前に赦し赦される関係を　170

Ⅳ　夜想曲

感情記憶はよみがえるか　174
手の年齢　178
転倒事故　184
おひとりさまのつきあい　189
上野千鶴子基金設立「恩送り」へ　195

才能を育てた才能　追悼 山口昌男　198
「男らしい」死　追悼 西部邁　205
中井さんは「神の国」へ行ったのか？　追悼 中井久夫　209
戦後最大の女性ニヒリスト　追悼 富岡多恵子　216
わたしたちはあなたを忘れない　追悼 森崎和江　221
ごまかしを許さないきびしさ　追悼 西川祐子　233
女の自由を求め、日常で戦った　追悼 田中美津　237
どこにも拠らず考えぬいた　追悼 鶴見俊輔　240
色川さん、ありがとう　追悼 色川大吉　244

あとがき　250

装丁・本文設計　名久井直子
装画　狩野岳朗
編集協力　髙橋由衣
DTP　NOAH

I

通奏低音

「父の娘」として

ワンマンでかんしゃく持ちだった父が、開業医として患者さんからどれほど信頼されていたかを知ったのは、父の葬儀の場だった。高齢になって開業届を地元の医師会に返上して月日が経ったのに、終生かれを信頼して離れなかった患者さんが何人か、葬儀に参列してくださった。患者さんの体調から持病、加齢にいたる心身の変化までを熟知しているかれのもとへ、医院を廃業してからも折に触れ、電話しては相談に乗ってもらっていたのだという。最後までかれのもとを離れなかった患者さんたちは、知的水準の高い、すぐれたひとたちばかりだった。そうか、このひとたちにかれは選ばれたのか、と腑に落ちた。職人としてのかれは、医術に熟達した信頼される専門職だった。

そういえば……と過去の記憶の断片が、ジグソーパズルのようにつながった。ひとりあたりの診療時間が三十分を超え、効率の悪かった診療。そのために待たされる患者さんの不満ばかりが耳に入った。まだインフォームド・コンセントなどという概念がなかったころから、患者が求めていなくても、薬の名前と副作用をていねいに説明した処方。薬は一日分から三日分までしか出さず、それも毎日のように効果や副作用を、患者からいちいち報告してもらっていた細やかな対応。勉強熱心で、診療後は医学雑誌の新情報をいつも書斎で読んでいた。七十代になってから最新の内科学大系を大枚をはたいて購入しようとしたとき、「棺桶に片足つっこんでおいて、いまさら勉強なんて」と言う母の無理解を聞いて、さすがに父に同情したものだ。

そういえば……には続きがあった。ふたりの息子には医業のほかの道を許さなかったのに、わたしには社会学という海のものとも山のものとも知れぬ極道を許してくれた。ひたすらモラトリアムを延長したいという不純な動機からの大学院進学にも、まったく反対しなかった。人づきあいのうまくなかったかれは、ほんとうは臨床医より研究医になりたかったのだろう。そして結婚もせず働きつづける娘を見て、七十歳を過ぎてから「女がはたらくのも、いいものだねえ」と、ぽつり、と言った。

そしていま、わたしは社会学者という研究職をアーチストではなくアルチザン（職人）だと感じている。あんなに背《そむ》き抗《あらが》ったのに、「父の娘」だったのだろうか。

棄教徒

　クリスマスの日に、アメリカの友人からアニメーションのｅカードが送られてきた。本人が若かったらきっとこうだろうな、と面影をしのばせる金髪の美少女が「聖夜」を歌うクリスマス・キャロルの動画だった。記憶がいっきに幼いころに引き戻された。

　北陸の地方都市に住んでいた子ども時代、クリスマス・イヴには毎年、クリスマス・キャロル隊が家の玄関前までやってきて、雪のなかで賛美歌を歌った。わたしたち家族は全員玄関に出て、キャロル隊の歌う賛美歌を厳粛な気持ちで聴いた。あのひとたちは雪のなかを教会から歩いてきたのだろうか。寒かっただろうに。信者すべての家を訪れたわけではないだろうから、父親は教会の長老か何かだったのだろうか。それとも献金額が大きかったのだろうか。幼かったわたしには何もわからなかった。しんしんと降る雪のなかで歌う一群の人びとの姿が、なつかしい思い出とともに浮かび上がるだけだ。

　父は日本で人口の一％しかいないクリスチャン、それもプロテスタントだった。旧統一教会の献金問題を知って、若いころの父が収入の一割を教会に献金していたと母がこぼしていたことを思いだした。小さいときには「天にましますわれらの父よ」で始まる「主の祈り」をしていたこともある。子どもたちは教会の日曜学校に送られた。若いときには、夫婦ふたりで日曜学校の教師をボランティアでしていたとも聞いた。その日曜学校で絵本という絵本を読み尽くした。だがわたしは十三歳で教会を離れ、きょうだいを含めて子どもたちの誰一人としてクリスチャンにはならなかった。

わたしがクリスチャンにならなかったのは、父がクリスチャンだったからです、と言ってきた。言っていることとやっていることとのあいだに、断絶があった。アタマには理想主義が詰まっていたかもしれないが、首から下のカラダは北陸のマザコンの長男で、かんしゃく持ちの亭主関白だった。あの世代にはめずらしい恋愛結婚のカップルだったのに、夫婦仲はよくなかった。夫を早く喪って怖いものなしの気の強い姑は、息子が連れてきた嫁を気に入らず、お決まりの嫁姑の確執があった。それを意地悪な目でじーっと見て育った孫娘が、長じてのちフェミニストになるにはもってこいの生育環境だった。

祖母は敬虔な真宗門徒だった。本願寺さんの集まりには気軽に孫娘のわたしを連れて行った。精進料理が出てきて、おいしかった。尼寺の尼さんとも懇意にしていたから、こちらもお布施の功徳《くどく》があったのだろうか。

父は、北陸の泥沼のような地縁血縁の世界から、アタマひとつだけでも脱けだして、よその世界へ行きたかったのだろうといまにして思う。あとから日本の宗教のなかでは真宗の教義がきわだって一神教と親和性が高いことを知った。なるほど、明治生まれの真宗門徒の祖母、大正生まれのクリスチャンの父、そして教会を離れた昭和生まれの棄教徒の娘……近代日本三代の、なんてチープな家族の宗教歴なのだろう、と感慨を覚える。

生育歴を問われるたびに、父の悪口を言ってきた。生まれ育った家庭で日本の家父長制を学びました、と。だが……父のなかにあったあの理想主義は何だったのだろうか。

賀川豊彦が北陸の教会を訪れたとき、握手した手を洗わないでおこう、と思ったと、あの潔癖な男が言った。ジャン＝ジャック・ルソーの『エミール』を読んで感激して抱いて寝た、とも言った。『エミール』はいまでも参照される教育書の古典である。子どもには子どもが自ら伸びる自発性がある、それをそこなわないように育てるべきだというリベラルな教育法が書いてあるが、かれが実践した教育はそんなふうには見えなかった。父が感激した本なら、と思って読んでみたら、最後まで読んでがっくりした。「以上述べたことは女の子にはあてはまらない」と書いてあったからだ。女の子はすべから
く男性を支えるように育てるべし、と。

そうか、わたしの一生は誰かの「女子マネ」の役割を演じることか、と思ったら、そんなことはやってられない、と感じた。父は息子たちに対するようにはわたしに期待しなかったが、大学進学や大学院進学、極道ともいうべき社会学専攻を含めて、いちども反対しなかったのは、もしかして『エミール』の影響だったのだろうか。

耶蘇《やそ》教徒っちゅうもんは、言うこととやることにこんなにギャップがあるもんか……と思いながら育った娘にとって、父は軽蔑の対象ではあっても尊敬できる対象ではなかった。クリスチャンのなかには、尊敬できる親を持ったゆえにキリスト教徒になった子どもたちもいるだろう。こんな話を聞けば、たまたまあなたの父親が困ったクリスチャンだったという不運からあなたが教会を離れたにすぎない、と解釈するひともいるかもしれない。

だがたとえ浅薄なクリスチャンであっても父に背くのは容易ではなかった。なぜならかれの背後には神様がついていたからだ。神様に背いて教会を離れるには、子どもながらに理論武装しなければならなかった。

あるときから神を「父よ」と呼ぶのはやめた。なぜ「母」でなくて「父」なのだろう、と素朴な疑問を持ったからだ。神様にわたしひとりの名前をつけた。神戸の連続児童殺傷事件の犯人、少年Aが自分の神に「バモイドオキ神」と命名した気持ちがわかる。

最初に赴いたのはカソリック教会だった。ものものしい祭壇や儀式ばったミサなどには閉口したが、軽くてカジュアルなプロテスタントよりはほんものらしい気がした。そういえば知識人が晩年に改宗するキリスト教は、プロテスタントでなくほとんどがカソリックなのはなぜだろう？　あとになって無教会派というプロテスタントの宗派があることを知ったが、神と自己とのあいだに教会を一切介在させないきびしい対峙に耐えられるひとは、そうは多くないだろう。

カソリックの神父と親しくなって、ある日、父に「洗礼を受けたい」と言ったら反対された。洗礼など受けたら将来結婚相手に制約ができる、という世俗的な理由からだった。なんだ、このひとの信仰もこの程度のものだったのか、と思った。

部活動の先輩に寺の息子がいた。知識欲に飢えていたわたしを熱心に啓蒙して、つぎつぎに仏教書を読ませた。そのなかに中村元《はじめ》の『原始仏典』があった。弟子による経典が完成する前の、仏陀のことばを忠実に書き留めたもっとも初期の仏典である。それをむさぼるように読んで、原始仏教が真宗と似て非なるものであることを知った。仏陀は「専修念仏」「他力本願」などとは決して言わなかった。それどころか、「我こそ我の主なれ、いかんぞ他を主とすべけん」と宣告したのだ。仏陀である自分をもあがめるな、と。

わたしの宗教遍歴は、その後、禅宗に向かった。禅宗には超越的な要素は何もなかった。ひたすら自己を律する行の集合だった。わたしになかったのは信仰だった。わたしはいまでも超越性と霊性が苦手である。スピリチュアリティと言われると、逃げだしたくなる。

困難にあるとき、苦しんでいるひとを目の前にしたとき……「ごいっしょに祈りましょう」とか「ごいっしょにお念仏をお唱えしましょう」と言えたらどんなにいいだろうか、と思う。だが、わたしは祈りを自分に禁じてきた。あの世も彼岸も信じない。極楽も天国もあるとは思えない。魂があるとは思わないし、魂魄《こんぱく》がこの世に残ったりしたら迷惑だ。生まれ変わるなんて、ごめんこうむる。人生は一回でたくさんだ。棄教徒には棄教徒の矜持があるのだ。

こんなわたしは、しょせん「救われない」……のだろうか？

犬派

犬派か猫派か、と問われたら犬派だ。

世に猫派は多く、猫グッズがあふれている。猫のイラストや猫グッズはかわいさの余りつい買ってしまうから、わが家には猫グッズがあちこちにあるが、ほんとうは猫より犬が好き。あのつぶらな瞳でひたむきに見あげられたらたまらない。

わが家の猫グッズには木彫りの実物大のペルシア猫も、ジブリの黒猫のぬいぐるみも、猫柄のおつまみ皿も、果ては猫柄のコースターもある。訪れたひとが猫グッズのいろいろを見て、「猫がお好きなんですか?」と訊くたびに、「ええ、餌も食べず、うんこもおしっこもしない猫がね」と答える。ナマ猫は飼ったことがない。

犬派だと言ったら、田中美津さんに「やっぱり。どうりで男が好きなわけだ。尻尾振って寄ってくるもンね」と言われた。ちなみに田中さん自身は猫派だ。家で猫を飼っていた。

老後になったら……大王松を植えた庭のある家で、犬を飼う暮らしをしたい。それが望みだった。そんなささやかな望みさえ、叶えられないままに老いた。マンション暮らしでは猫を飼うのがせいぜい、事実、おひとりさまの友人たちには猫を飼うひとが多い。複数飼って、マンションの一室を猫部屋にしている女性もいる。現在暮らしているマンションはペット可だが、飼われている犬はどれも人工的な繁殖をくりかえして矮小化《わいしょうか》した座敷犬。ぬいぐるみのなかに閉じこめられたような小さな命を見ているだけでつらいので、小型犬は飼いたくない。飼うなら凜々しく賢い日本犬のような中型犬か、気立てのよいラブラドール・リトリーバーのような大型犬がよい。が、そんな犬を飼う条件は、いまのわたしの暮らしにはまったくそろっていない。もしわたしが死んだら……老後は犬を飼いたいというささやかな望みさえ叶えられなかった、かわいそうな人生でござんしたよ、と同情してもらいたい、と思うくらいだ。

小さいときから家には犬がいた。というより、幼いわたしが犬がほしいとわがままを言って飼ってもらった。潔癖症で犬を触ったら必ず手を洗うようにと厳命した開業医の父が、よく犬を飼うことを許可してくれたものだと思う。娘に甘い父だった。飼うならおまえが世話をするんだよ、と言い聞かされていたのに、御多分《ごたぶん》に漏れず、犬の世話は母の役目になった。母は生きものが好きだった。家にはいつも犬と鳥がいた。十姉妹《じゅうしまつ》の小鳥たちは繁殖してどんどん増えていったし、カナリアはよい声で鳴いた。糞の始末や餌やりはすべて母がやっていたのだろうか、わたしは手を出した記憶がない。

犬の散歩だけは、わたしの役目だった。兄も弟もいたのに、犬はいつでも「わたしの犬」だった。

本と犬だけがお友だちの孤独な少女時代……犬はどれほどの慰めだったことだろうか。小さいころから本ばかり読んできたというひとに会うと、あなたも現実から逃げだしたいばかりに本に耽溺したのね、と言いたくなる。本はいつもここではないどこか、もうひとつの現実に連れだしてくれた。

だが、犬はわたしを家の外に連れだした。犬を連れて、ずいぶん遠出をした。いや、犬がわたしを導いて遠出をさせてくれた。自宅からかなり離れたところや、藪のなか、見知らぬ田んぼ道も、犬といっしょならなぜだか怖くなかった。知らない道にもずんずん入っていった。からだじゅう、ぺんぺん草やエノコログサの種をいっぱいつけて、犬といっしょに家に帰った。

引きこもりや不登校の子どもに悩む親に会うと、犬を飼えば、とアドバイスすることがある。犬はコンパニオン・アニマルと呼ばれるほどの人間のお友だち。その上、猫と違って飼い主を否応なしに外へ連れだしてくれる。しかも犬の散歩は雨の日も雪の日も、三百六十五日、休みなしだ。

小学生のときから大学進学で家を出るまで、十年余りのあいだに、三頭の犬を飼った。代替わりごとに大きくなっていって、最後はイングリッシュ・セッターという狩猟犬だった。のびあがってわたしの顔をペロペロ舐めはじめると前足が肩に届くほどの大型犬だった。いまのわたしには、大型犬の体重を支える体力がないし、リードを引っ張られたらその強さで転倒しかねない。事実、犬の散歩中に転倒して肩の骨を脱臼した、なんていう同世代の友人もいる。

大型犬は気がやさしい。というより小心だ。散歩途中にほかの犬に出会うと、神経質な小型犬がキャンキャン吠える前にすわりこんで、尻尾を振る。やんちゃで聞き分けがないのに、誰にでもひとなつっこくすり寄って行き、決して攻撃しない。

当時はまだ犬にリードをつけて散歩することがマストではなかった。リードをはずすとわたしの前に後ろに、どこまでもついてくる。草むらを見つけると大喜びでジャンプしてなかに入る。犀川《さいがわ》の河川敷に連れて行くと、鳥の死骸を咥《くわ》えて戻ってくるのには閉口した。狩猟犬の本能が残っていたのだろうか。

名前はハニー。英語で恋人を呼ぶ愛称であることは知っていた。イトコの家で飼っている犬がダーリンだったので、似たような名前を探した。郊外の戸建てに住んでいたので、夕方リードから放してやると大喜びで外に走りでたが、犬を呼び戻すのに、「ハニー！ハニー!!」と呼ぶのがご近所に恥ずかしい、と母はこぼした。

学校へ行くときには、バス停までついてきた。バスが走りだすと、全速力でバスを追いかけてきた。そんなある日、ハニーが行方不明になった。バスを追いかけて戻れなくなったのだろうか。青ざめた。必死になって捜した。珍しい犬種の大型犬なので、見かけたひともいるだろうと広告を出したら犀川の対岸のお宅から、「犬を預かっています」と連絡が来た。そんなに遠くまでバスを追いかけて行ったのだ。とびあがって引き取りに行ったが、どんなにうれしかったことか。

そんなある日、散歩に連れだした先で、刈り取ったあとの田んぼに撒いてあった害獣駆除の毒餌らしいものをハニーが食べた。わたしの目の前で、ぐるぐる廻りながら苦しみぬいて死んだ。ショックで呆然として、三日三晩泣き明かした。なぜペットロスには忌引きがないのだろうと思った。そんなとき、母は「あんたが殺した」と言った。

進学が決まっていた。家から離れる予定だった。ハニーはわたしがかれを置き去りにすることを知っていたのだろうか。それともわたしにこれ以上の負担をかけたくないと、時機を見て身を退いたのだろうか。

ペットロスほど哀しいことはない。親を亡くしたときより、哀しいくらいだ。誰よりも親しい友だちであり、折に触れてぐちや歎きを聴いてくれた相手だからだ。何が哀しいと言って、亡くなった犬よりも、その犬を喪った自分が憐れなのだ。自己愛ここにきわまれり。

おひとりさまの友人や障害のあるひとには、ペットを大事にしているひとが多い。多頭飼育をしているひともいる。犬のために一戸建ての借家を転々としているひともいる。ペットは人間を、美醜や障害の有無や社会的地位で差別しない。絶対の信頼を寄せてくる。ペットは家族以上のものだ。というより、家族というままならない者たちよりも、もっと自分によりそってくれる存在だ。

それをよく知っているから、犬を飼いたいと思う気持ちが湧くたびに、それを抑えてきた。もちろんそんな条件が、自分の暮らしのなかにないことも承知している。そのうちに犬を飼うには年齢が高くなりすぎたことに気がついた。犬の寿命は人間の寿命より短いとはいえ、最後までみとる責任が果たせない年齢になったからだ。保護犬を斡旋してくれる団体でさえ、七十歳を超えたら譲渡の対象にならないという。それなら期間限定で生後二ヶ月から約十ヶ月間だけ盲導犬候補を育てるボランティアのパピーウォーカーになろうか、とも思った。パピーウォーカーに求められるのは、犬をかわいがって人間に対する絶対の信頼を培うことだ。犬を愛して甘やかすことなら、自信がある。わたしの育てるパピーは、仕事のできる盲導犬にはならないかもしれない。訓練しても使いものにならない犬もいるんだそうだ。だが、経験者に聞くと、犬の訓練士に引きわたすときのつらさったらないという。それに成犬になるまでのあの活発に動きまわる子犬を育てる体力がもはやない。なら、盲導犬を隠退した老犬を引き取るのはどうだろう。最近では犬の介護も必要になってきて、犬用のおむつまである。それなら老人にふさわしい老々介護になるだろうか。それさえ心許なくなってきた。

犬を飼いたい……この願いは、実現しそうもない。

衛生観念

口のなかに違和感を覚えた。舌で探ると、口内炎だった。三年ぶりだ。しばらく会わなかったが、そして会いたいわけではないが、なつかしい友に会うような気がした。

これまでも、疲れがたまるとそのたびに口内炎に見舞われた。それが体調の危険信号、しごとを減らしなさい、といういつものからだからのメッセージだった。思えば毎年、一定の時期になると風邪をひいて熱を出した。常備薬を服用し、ふとんを被って寝るだけだが、よほどの貧乏性なのか、しごとをしているときは風邪をひかず、さあ明日から休み、というときに限って熱を出す。そのためにせっかくの休暇が台無しになった。テンションの高いときには、気力で保《も》たせているのだろう。それが落ちると抵抗力も落ちるらしい。

それがコロナ禍のもとの三年間、みごとに風邪知らずだった。コロナにも感染しなかった。年寄りを介護していたために注意深かったこともあるが、外出するときにはマスクを着用し、帰宅のたびに手洗いとうがいを励行していたからだ。COVID-19に限らずあらゆる感染症の予防の基本の「き」は、うがいと手洗い。その効果があったのだろう。

ふだんから衛生に気をつけていれば、コロナにもかかからないということを立証したようなものだ。

家に帰ってまっさきに手を洗い、うがいをするたびに、苦笑しながら父を思いだした。パパ、あなたの言うとおりのことを、あたしはやってるわよ。……内科の開業医だった父は、外出から帰った子どもたちに厳格だった。うがいと手洗いはもとより、足も洗わせた。洗面所についてきて、やりとげるまで監視さえした。友人たちのあいだでは、ががらがらと音を立ててうがいをするのがわたしのトレードマークになり、友人の家に行ってそれをやると、彼女たちは「あ、ウエノだ」と笑う。

かれの衛生観は、外は不潔、内は清潔という単純なものだった。他人は不潔、身内は清潔、と言いかえてもよい。だから他人の手で握ったおむすびなど、決して食べようとはしなかった。妻がつくるおむすびならよかった。寿司屋のカウンターなど論外。刺身も火を通させた。母とわたしは父の目を盗んで、友人の寿司好きの親子とこっそり寿司屋に行ったものだ。

他人を公然と不潔扱いする父に、家族は辟易《へきえき》していた。とりわけ母は反抗的だった。旅先でのこと、チケットの自動販売機に入れようとしたコインが、うまく入らずにチャリンと床に転がった。すかさず母が腰をかがめて拾おうとすると、父がすごい剣幕で止めた。「汚い、きたない、そんなもの拾うのやめなさい」と。母が負けずに言い返した、

「落としたのがもし千円札だったら、どうするの?」。父はしぶしぶ、「拾う」と答えた。家族の笑い話である。

わたしがその後、何でも食べ、どこへでも腰を下ろし、水筒の水を他人と回し飲みするようなサバイバル・タイプになったのは、父の衛生観念への反発からだと思う。ほら見てごらん、パパ、こんなことやってもわたしはおなかもこわさないし、病気にもならない、平気よ、とひとりごとを言う気分だった。父が禁止した買い食いもほこりだらけの露店の食べ物も、なんでこんなつまらないものが美味しいのだろう、と思いながら食べたが、禁忌があればこその「蜜の味」だったのだろう。

コロナ禍で世間のほうが変わって、父の流儀が「ふつう」になった。生きていたら何と言うだろう。「パパの言うとおりだろう」とにんまりするだろうか。父は、公共交通機関に乗るときは誰が触ったかわからないつり革やドアに触るのがイヤで、ビニール袋を持ち歩いた。それに手をつっこんでつり革につかまった。いまなら使い捨てのぴったりしたゴム手袋がある。腰椎骨折をして以来、わたしは階段の上がり下りやエスカレーターではかならず手すりを持つようになったが、そのために手袋をしている。さすがにゴム手袋は怪しく見られそうなので、できない。そういえば要所要所に手すりがついていることを発見したのは転倒の効果だった。おや、こんなところにも、と街の配慮は行き届いていていた。

衛生に配慮したのと引きこもりで出歩かなくなったおかげでの、コロナ禍の三年間の風邪知らず。そこに三年ぶりの、ぷちっと口内炎のお知らせである。ブレーキをかけてしごとのペースを落としなさい、という黄色信号なのだろう。

このところ医者づいている。歯科、眼科、整形外科、内科……年長のオネエさま方が各種の診療カードをまるでカードゲームみたいに何種類も持ち歩いているのを見ていたが、わたしのカードケースも似たような状況になってきた。身体のパーツよりも人間の寿命のほうが延びた時代だ。うらがえして言えば、寿命が尽きるまえに、身体の各パーツにガタがくる。

歯や眼や膝、さらには臓器などをだましだまし、寿命に合わせて長期の使用に耐えるように使いつづけてきたのだ。ときにはパーツを人工物に入れ替えてもいるから、人間の一部はすでにサイボーグになっているかもしれない。

わたしは今年、後期高齢者になる。未体験ゾーンである。

師匠のDNA

学校がキライだった。不登校にこそならなかったが、学校では寝てばかりいた。放課後だけが生き甲斐だった。

大学には行ったが、女子学生には公務員になるか教師になるかしか選択肢がなかった時代に、「でもしか教師」になる退路を断つために、教員免許はとらなかった。ほんとうを言えば、教職課程の単位をとることや教育実習に行くのがめんどうなだけのナマケモノだったのだけれど。

そのわたしが大学の教師になった。大学教師には教員免許がなくてもなれる。学歴がなくてもなれる。建築家の安藤忠雄さんは、高卒の東大教授として有名だ。

二十代半ばのある日、食えない大学院生だったわたしは、地元新聞の求人欄を見ていた。見開き両面の五分の四は「男子のみ」求人、のこりわずかに「男女とも」と「女子」向け求人。男女雇用機会均等法の十年以上前、男女別の求人が堂々とまかりとおっていた時代のことだ。「男女とも」には「パチンコ店、夫婦住み込み可」、「女子」には「女子事務員、珠算三級以上、簿記経験者」とあった。珠算も簿記もできないわたしは対象外。ほかには「ホステス募集」が並んでいたが、こちらは「容姿端麗」という条件と年齢制限があり、その当時のわたしの年齢では、すでに薹《とう》が立っていた。

無芸無能……と、開いた新聞を前にして、自分をふかく認識した。職はなかったが、だからといって天をも地をも恨まなかった。わたしは世のため人のためにお役に立っていないのだもの、世間からお呼びがかからないのは当然だ、と思った。それどころか、こちらだって世間サマをお呼びじゃないのだからおあいこだと考える、傲岸不遜《ごうがんふそん》な若者だった。

なのに、ちょっと周りを見渡してみれば、わたしと同じ程度に「無芸無能」のご学友が、男だからというだけの理由で、大学に就職していた（当時は修士課程を修了すれば大学に就職できた）。そっか、もしかしたらわたしに職がないのはわたしが女だからかもしれない……と遅まきながら気がついた。性差別についてそれほどうというかつな娘だった。

それからお尻に火がついた。そうか、もしかしたらわたしが在籍している大学院というところは、職業訓練の場かもしれない。大学院生の就職の選択肢は限られている。大学教師ぐらいしかないなら、四の五の言わずに職探しに乗りだそうと。男子院生には就職の斡旋をしてくれた指導教官は、わたしには目もくれなかったから、自力で公募に応じるしかなかった。履歴書を書きまくり、「残念ながら貴殿の御希望にはそえません」

という返事を何通も受け取り、二十三通めでようやくゲットしたのが短大教師の口だった。

学校ぎらいのわたしが、教師になることを自分自身に対して弁解できたのは、大学というところは、学校のなかで唯一、学生が教師を選べるところだからだ。学生といえばもうオトナ、イヤなら選ばなければいい。それでもあえてわたしを教師として選んでくれた学生さんには、ちゃんとつきあおう、と思った。

私学を転々として東京大学に異動した。ウエノさん、どうやって東大教授の口をゲットしたの?と訊かれるが、自分で応募したわけではない。東大からのオファーは、青天の霹靂だった。東京大学の研究室人事の多くは、いまでも密室人事である。なぜ東大教授になったの?という質問は、選ばれたほうにではなく、選んだほうにすべきだろう。貧乏私学の教員から、日本一倒産しそうにない巨大な総合大学の教員になってみたら、同僚の先生方に「教育サービス業者」としての自覚がないことに驚いた。経営基盤の弱い弱小私学に勤めていたころは、この子たちに授業料分のもとはとらせなきゃ、と教師としての使命感に燃えたものだ。

大学院生は研究者になるための教育は受けるが、教育者になるための教育はほとんど受けない。将来、自分が教壇に立つことがおまんまのタネになるとも、あまり考えていない。教育と研究の一致というが、それは恵まれたほんの一部のブランド大学での話。

それにすぐれた研究者がすぐれた教師とは限らないし、その逆もまた真である。教師としてのノウハウは、OJT（オン・ザ・ジョブ・トレーニング）で、水のなかに叩き落とされた犬のように、必死で身に付けた。学生さんはお客さまだから、勉強する気のない子どもたちを、こちらにふりむかせよう、とがんばった。たったひとつ、自分に課したのは、自分がおもしろいと思えないことを伝えても、学生たちがおもしろいと思えるはずがない、ということだ。結果、わたしの授業を受けた学生たちは、こんな感想を口にした。

「せんせがいちばん授業をおもしろがってはる〜」

そうか、そうだったか。思い当たることがあった。

師のDNAとはおそろしい。わたしが生涯にただひとり師匠と呼べるひとは、社会学者の吉田民人《たみと》さんである。わたしが京大在籍中、吉田さんは阪大で教えていたので、大学院は阪大に進もうかと思ったぐらいだ。その相談をすると、翌年京大へ異動する予定と聞き、そのまま京大の大学院に進学して、吉田ゼミにもぐりこんだ。吉田さんは教養課程の助教授だったから、そこに出入りすることは、在籍する大学院の先生方から干されることを意味したが、そんなことはどうでもよかった。それがあっというまに東大へ移籍して逃げられた。阪大↓京大↓東大のホップ・ステップ・ジャンプと呼ばれた人事である。後年、京大出身のわたしが東大に移籍したとき、吉田さんの後任か、とささやかれたが、そんな事実はない。東大には、退職教員が次の人事に一切介入しないというううるわしい慣習があるからだ。

吉田さんはノートもメモも持たずに手ブラで教室に現れて、九十分間爆撃のようにしゃべりまくった。学生はついていくのに必死だが、本人は楽しくてしかたがないという顔つきをしていた。学生が質問すると、言い負かした。抽象度の高い理論を説明するときには、かならず卑近な例を挙げた。

吉田さんが教室で何をしゃべったか、何があれほど刺激的だったのか、記憶力の悪いわたしはほとんど何も覚えていない。吉田さんの専門だった理論社会学、それも構造機能主義については、弟子のわたしはこれっぽっちも受け継いでいない。なのに吉田さんが語ったメッセージではなく、語り方のほう、メタメッセージだけはしっかり刻みこまれた。「理論は博打だ」という、カラダを張った博徒のような姿勢からも学んだ。風貌は学者というより、中小企業のオヤッサンのようだった。

楽しくなくては学問ではない。オリジナルでなくては研究者とは言えない。経験を説明できなければ理論とは言えない……ことだけはしっかり叩きこまれた、と思う。

東大を退職してから、長年にわたって蓄積した上野ゼミのノウハウを公開した『情報生産者になる』（ちくま新書、二〇一八）を出した。だが、本人が自分はこうだと自己申告することと、実際にしていることとのあいだにはかならずギャップがあるし、自己紛師がある。だとしたらそれをサービス受益者（にして被害者）の側から検証してもらわなくてはならない。上野ゼミ卒業生たちが企画を持ち寄って、『情報生産者になってみた』（ちくま新書、二〇二一）という本を出した。それを読んで笑ってしまった。上野ゼミのＤＮＡには、そのまた師匠のＤＮＡが受け継がれていることに気がついたからだ。

そのひとつに、吉田さんと同じく京大教養課程の社会心理学助教授だった木下冨雄さんのＤＮＡがある。理解者がいなくて鬱々としていた院生時代。あるとき、自分の研究を指導してくれる先生がいない、とこぼしたときのことだ。木下さんはこう一喝したのだ。

「自分の研究を指導してくれるような教師はこの世の中にいないものと思え。もしいたら、その研究はする値打ちのないものと思え」

どうやらこのせりふを、わたしは自分の学生に何度もくりかえしたらしい。かれらのアタマのなかにも刻みこまれていた。後年、木下さんに告げたら、ご本人は記憶がないという。だがこうやって師のＤＮＡはしっかり弟子や孫弟子の世代に継承されている。

後悔だらけの人生

大学には十八歳から三十歳まで、十二年間在籍した。学んだこともよいこともほとんどなかったから、青春を返せ！と言いたい思いだが、自業自得だからしかたがない。学園闘争（学園紛争とは、わたしは呼ばない）が敗北に終わって、行き場を失った。旧に復したキャンパスに戻る気はせず、必修単位をとりはぐれて一年留年した。卒業を目の前にした学友たちは、急に詰め襟の学生服を着て、就活にいそしんだ（当時はスーツでなく、学生服が大学生の正装だった）。そういう姿の学友と京都の街中で出くわすと、相手はばつが悪そうに、そそくさと姿を消した。わたしは就活をする意欲も気力もなく、先のあてのない人生を送っていた。

このままいけば……仕送りは打ち切られ、郷里の親元に呼び戻される。それだけはイヤだった。そう思ったら、目の前に大学院があった。「もう少し勉強を続けたいから、大学院へ進学したい」……そう言って親をだますのはかんたんだった。

向上心も向学心もなかった。ただただ就職から逃げたいだけの「モラトリアム入院」だった。

京大の大学院は競争率が高そうだったので、どうしてもどこかに合格しなくては困ると、東京大学の大学院も受験した。合格したが辞退した。京大の大学院に合格したからだ。京都を移りたくなかった。あとで師匠の吉田民人さんに「なぜ東大を受けたの？」と訊かれたから、「すべりどめです」と答えたら、爆笑して「ボクにはいいけど、東大の先生方には言わないほうがいいよ」と忠告された。

当時大学院生は、大学院進学を「入院生活」と呼んでいた。そして入院生活が長くなると社会復帰が困難になる、とも。とりあえず修士課程に進学した。合格を報告するためにお世話になった先生を訪ねたら、「キミ、修士課程を修了したらどうするの？」と訊かれた。「それがね、先生、わたし、なあーんにも考えていないんです」と正直に答えたら、「それがいい、女の子はそれがいい」という反応が返ってきた。「女の子はクリスマスケーキ」、二十四歳までは売れるが二十五歳を過ぎたら値崩れすると言われていたころである。大学院に進学した女性の先輩を見ても、就職できるとは限らないことは知れた。

大学院在籍中に三度、中退しようと思ったことがある。在籍していることに何の意味も感じられなかったからだ。そのつど思いとどまったのは、奨学金がついていたためだ。当時の大学院は狭き門、大学教員養成コースの様相を呈していたから、過半の大学院生には奨学金がついていた。その奨学金は大学教員として奉職すれば返還を免除された。

進学率が向上し、大学学部の新設が相次ぎ、ご学友は順調に就職していった。ただし男性に限る、が。

退学すれば奨学金が打ち切られる。親の金はひもつきの金だ。奨学金はひものつかないありがたい金だった。もちろんそれだけではじゅうぶんではないから、家庭教師や塾の講師のほか、売り子やウェイトレスなど、ありとあらゆるバイトをした。

そのなかにシンクタンクの研究員のアルバイトがある。京都にはCDI(Communication Design Institute)という京都学派の先生方が株仲間になってつくった、知るひとぞ知る小さな民間のシンクタンクがある。一九七〇年代、高度成長はいったん頓挫したが、「文化産業」の時代がやってきて、企業は付加価値を求めていた。そのシンクタンクには毎年京大の社会学教室から口コミで院生がリクルートされており、わたしはそのひとりだったのだ。

株仲間のひとりに『発想法』(中公新書、一九六七)の川喜田二郎さんや、『知的生産の技術』(岩波新書、一九六九)の梅棹忠夫さんらがいた。研究員のレポートを発表する場に、これらの学者や、小松左京さん、川添登さんなど錚々たるメンバーが並んだ。思えばこの場が、わたしの大学だったのだと思う。川喜田二郎さんが発案したKJ法を徹底的に叩きこまれた。梅棹忠夫さんが発明した京大型カードも使い倒した。今日わたしが研究者としてやっていけるノウハウを身に付けることができたのは、このシンクタンクでの経験のおかげである。だから自分が大学教師になっても、京大式の情報処理術やＫＪ法を学生に仕込んだ。

学園闘争が終わってキャンパスに静謐が戻った時代。学園闘争からより多く学んだのは学生ではなく、大学側だった。管理はきびしくなり、なにごともなかったかのように大学は旧に復した。ほんとうに行き場がなかった。展望もなく、食い詰めてもいた。元活動家の学生のなかには就職せずに塾を経営する者もいたし、大学を中退してトラックの運転手になる者もいた。まっくらだった。

あのころ……高倉健が主演する任侠映画を、精液の匂いのする三本立ての映画館で見た。立ち回りの最中に観客が「健さん、後ろがやばい！」と声をかけたという伝説のある時代だ。女は？　女は任侠映画のなかでも居場所がなかった。藤純子演じる女は、死地へ赴く主人公を引き留めるすべもなく、柱の陰で袂《たもと》をくわえてじっと待つだけだった。活動家仲間のあいだでは、任侠映画のせりふにならって「右も左もまっくらやみでござんす」と言うのがならわしだった。

バイト仲間に都市工学の先輩がいた。かれもまた学園闘争の敗者だった。お昼をいっしょに食べながらよもやま話をしていた。ちりぢりに散っていった友人たちの動向を話した。ある友人はこう言った。「一日一日はやりすごせるんだよ、でも一年はやりすごせないんだよ」……そう言ってかれは地方大学の医学部へ再入学した。その後どんな医者になっただろうか。

先の展望はなかった。見通すこともできなかった。男と同棲していたが、一年後に同じ男といっしょにいるかどうか、何の確証もなかった。三ヶ月先も見えなかった。

「その日その日をしのぐのに、せいいっぱいですねえ」

「ほんとうにそうですねえ」

と、かれとわたしが同調したときのことだ。

同席していた若い男性がいきなり怒りだした。

「あなたたち、そんなことでいいんですか！」と。

ボクはね、何歳になったときにはこうなっていたいと目標を立てて、それから逆算していまはこれをしようと計画して動いていますよ、そういうもんでしょう、人生ってのは……と。

わたしはその先輩と呆然と顔を見合わせた。このひとには何を言っても通じない、と。

思いがけないところで、フランク・シナトラの歌う「マイ・ウェイ」を聴いた。英語の歌詞だった。そういえば「マイ・ウェイ」は日本語でしか聴いたことがなかったので、英語の歌詞に耳を傾けた。

Regrets, I've had a few

これが最初、Regrets, I've had few と聞こえた。「後悔はほとんどない」と。よくそんなことが言えるね、と思ってあとで歌詞を点検したら few ではなく a few だった。大違いだ。

「後悔は少しはある」……だが、わたしには many（たくさんある）だ。

その後、

I planned each charted course
Each careful step along the byway

と続く。そして

I did what I had to do

とくる。

しかるべき道を計画し、注意深くステップを踏み、そしてなすべきことをなした……

と高らかに歌い上げる。

もうだめだ。ついていけない。こんな歌だったとは。この歌に自己陶酔して涙を浮かべ、拍手喝采する聴衆もいる。

どういう人種の違いなのだろう、この人たちとわたしとは。

人生を終わりから数えるほうが早い年齢になって、再び思う、「恥と後悔の多い人生でした」……これも任侠映画のせりふだったたか。

役に立つ、立たない？

教師にはなりたくてなったわけではなかった。だが、なってみると、教師はよい職業だった。老いも若きも年齢を問わず、目の前で人が成長していく姿を見るのは、喜びだった。子どもを産まなかったが、実の親には子どもが身体的に成長する姿を見ることができても、筍が皮を脱ぐようにぐんぐん知的に成長していく姿を見ることはないだろう。教育はなにがしか洗脳装置だから、教師をしながら思ったものだ、「他人さまの子をかどわかして」……気分はハメルンの笛吹き女だった。

研究者には？　なりたいと思った。

大きくなったら何になる？　……この近代の子どもを悩ませる問いに、十三歳のときには「考古学者」と答えるつもりでいた。歴史の墓掘り人、すでに消えていなくなった人びとの跡を訪ねて、砂を掘る。京都大学の人文科学研究所というところでは西域交流史を研究しているらしい。その研究所の研究員になりたい、と漠然と憧れた。

大きくなったら何になる？　ある年の元旦のこと、家族全員がそろったところで父が兄に問いかけた。自由な答えなど許されない。

「お兄ちゃんはね、建築家になりなさい。家で苦労しているひとがたくさんいる。そのひとたちの助けになるんだよ。」

次に妹のわたしに順番がまわってくると待ち構えたが、わたしをすっとばして弟に行った。

「よっちゃん（と弟は呼ばれていた）はね、技術者になりなさい。TVのようなすばらしい技術をどんどんつくるんだよ。」

父は医師だった。TVが初めて家に入ったとき、日がな一日ブラウン管の走査線をながめて、「すごいねえ、すごい技術だねえ、こういうことを発明する人がえらいねえ」と言いつづけた理系脳の持ち主だ。役に立たない技術は技術ではなく、人助けできるかどうかが、判断の基準だった。

順番がまわってこないわたしは、しびれを切らして自分から父に問いかけた。

「ちこちゃんは？　大きくなったら何になるの？」

父は、おや、そこにいたのか、という顔をして、こう言った。

「ちこちゃんはね、いいお嫁さんになるんだよ。」

そういう時代だった。中産階級の娘には働く選択肢はなく、学卒のあとは「家事手伝い」をしながら結婚までの待機の時間を過ごす……のがあたりまえだった。父のひと言で、わたしは期待されていない子どもであることを学んだのだ、なぜなら女だったから。

考古学者になりたい、とあるときぽつりと口にしたときの父の反応がこうだった。

「そんなもの、何の役に立つ?」

そのとおり、わたしは役に立たない人生を送りたかったのだ。十三歳の子どもにしては、ひねくれているだろうか? いま考えれば、「役に立つ」ことしか評価しなかった父にせいいっぱい背こうとしたのかもしれない。

死んだもの、消えてなくなったもの、人が見向きもしないもの……に目が向いた。図書館に入り浸って、古代遺跡の写真集に見入った。スウェン・ヘディンの西域探検記や河口慧海《えかい》の西蔵(チベット)探検記を読みふけった。高校生のときにはツタンカーメン展が上野の東京国立博物館にやってきた。ツタンカーメン王の黄金のマスクが初来日というふれこみだった。どうしても辛抱できず、親にねだって連れて行ってもらった。その程度には親バカな、娘に甘い両親だった。

図書館に入り浸ったのは、見たくない現実からの逃避だったかもしれない。図書館は幻想の宝庫だった。大きくてどっしりした写真集を開くと、心はただちにアッシリアやギリシャ、エジプトの古代へ飛んだ。誰の役にも立ちたくない、その代わり、誰の邪魔にもならないから、そっと放っておいてくれないか……子ども心にそれがささやかなのぞみだった。後年、引きこもりの子どもたちが登場したとき、気持ちはわかる、と感じたのはそのせいだったか。そんなわたしの痛恨の番狂わせは、お役に立つ人生を送ってしまったことだ（笑）。

とはいえ、研究者が世のためひとのためにお役に立つとは、その実、思っていない。つい最近、中堅の研究者が若い研究者に苦言を呈するエッセイを読んだ。それは若いひとたちが自分の狭い世界でのこだわりを研究テーマに選ぶ傾向が強まって、公益のためにいま何を研究すべきかという大局観を持たなくなった、という批判だった。「公益」とは聞こえがよいが、学問の分野のなかでここが空白、これからここにニーズが生まれて研究テーマに発展性がある……という判断は、ほとんどマーケティングの手法である。テーマがひとを選ぶのではない、ひとがテーマを選ぶのだ。わたしなど、自分の研究は「私利私欲のため！」と公言している。学生にも、「あなたをつかんで離さない問題」に取り組みなさい、とアドバイスする。当事者研究など、その最たるものだ。その結果、小状況の些末な問題がテーマとして選ばれる……ように一見見えるだろうが、そこはフェミニズムの標語どおり、「個人的なことは政治的 Personal is political」なのだ。

研究にはテマもヒマもおカネもかかる。だからこそ、自分にとって切実な問いでなければ継続する気持ちが続かない。得られる成果はほんのちょっぴりかもしれない。もしかしたらあなたの研究は、他人の役に立つ普遍性を持つかもしれないが、そうかもしれないし、そうでないかもしれない。たとえあなたの研究を誰も評価してくれなくても、その問いを選んだのはあなた自身なのだから、問いを解いたときに、あなた自身が報われる、それでよいではないか、と。

わかった、腑に落ちた、納得できた……と世界の見え方が変わる。それが研究者の最大の報酬だ。理系の基礎研究者に「あなたの研究はいったい何の役に立つのですか?」と質問を向けると、たいがい絶句する。それでいいではないか。人間の好奇心は果てしなく、世界は未知であふれている。好奇心の赴くままに好きなことをやって何が悪い。

だからわたしは、研究は究極の極道、と言ってきた。客員教授を務めるある大学の入学者募集パンフレットに、そう書いたら、事務局からクレームがついた。「極道」はやくざの言葉、なんとかなりませんか、と。「極道」には「道を極める」という意味もあります、と主張して、そのままにしてもらった。そういえば「極道者」とはやくざもの、のこと。やくざものとは漢字で「無能者」と書くこともある。世の役に立たない者のことを言うのなら、研究者も極道者、でいいのだ。

あえてそう言いつづけるのは、研究者が他の極道者である音楽家や絵描きとくらべて少しも偉いとは思わないからだ。コロナ禍でアーティストやミュージシャンは、「何の役に立つ?」と問われた。新型コロナワクチンをつくったのはたしかに研究者だが、それだって、にわかには何の役に立つかわからない膨大な基礎研究の蓄積があってのこと。一時期「文学部不要論」が登場したが、それに反論して「文学は役に立つ」と強弁するよりは、役に立たないものを許容する社会のほうが豊かだと言えばよい。

「役に立つ」ものであふれた世間から身を退いて、僧院に入ったのがもともと研究者の由来だった。研究者を意味するスカラー scholar の語源であるラテン語スコラは、余暇という意味から来ている。テマヒマのかかる研究は、ヒマつぶしにはもってこいなのだ。

わたしは子どものころののぞみを、叶えたのかもしれない。

捨てられない理由

衣替えの季節が来ると、あふれるほどにクローゼットを占める衣類を見て、ため息をつく。

断捨離しようか。片付けのススメには、一シーズン袖を通さなかったものは捨てなさい、とか、一着買ったら一着処分しなさい、とか書いてある。

だが服にはどれも思い出がある。「ミナ ペルホネン」のデザインを手がける皆川明さんの展覧会を見に行ったら、展示会場の最後に、皆川さんの服を愛用してきたひとたちの着古した服と、それにまつわる物語が展示してあった。ひとつひとつがその服を着たひとの家族と人生の物語になっていた。子どもの小学校の入学式に着ていった服。娘が「そのスカート、私にちょうだいね」とねだった服。亡き夫といっしょに旅行に行ったときの服。……皆川さんの服は、流行を追わないし、体型も問わない。時代を経ても古びない。

わたしのクローゼットの中身だって、これはニューヨークの古着市で買ったっけ、とか、これはパリの街角で衝動買いしたもの、これは寒さにふるえあがった夏のダブリンで買い求めたアランのスウェーター……とか、ひとつひとつ、その時どきの情景が思い浮かぶ。

わけてもひとに買ってもらったものは捨てられない。

ちょっとシックなベージュのスウェーター、流行遅れだけど捨てられない。当時流行っていた肩パッド入りだったから、パッドをはずしたが、ラインがしっくりこない。それでも捨てられない。母を喪って高齢になっていた父がわたしを訪ねて京都に来たとき、京都の青山通りと言われる北山通のブティックで、買ってくれた。父にこんなファッション・センスがあるとは思えない洒落たデザインの品だが、わたしがカラダに当てていると、「好きなら買っていいよ」と言った。母と私が新しい服を買うたびに、「カラダはひとつなのに、どうしていくつも服を欲しがるんだろうねえ」と言う父だった。そんなときには、母が「あら、女ってそんなものよ」と共同戦線を張ってくれた。

ひとさまからのもらいものには、好きなものも好きになれないものもある。そういうときには、プレゼントをくれる相手といっしょに買いものに行って、好きなものをその場で選ぶ。買ってもらったことも、買ってあげたこともある。自分にじゅうぶんな経済力がついてからも、誰かに買ってもらうのはうれしい。ボーイフレンドとふたりでショッピングに行って、選んだものをお互いにプレゼントしあう。自分の買いものには相手のカードを、相手の買いものには自分のカードを使う。「あら、買ってくれるの、ありがとう」というやりとりを、店員さんがほほえんで見ている。帰ってから、パッケージを開けて、「わあ、すてき。センスがいいわね。なんでわたしの趣味を知ってるのお!?」とわざとらしく喜んでみせる。自分が選んだのだもの、あたりまえなのだけれど。そうやって買ってもらったものが、いくつもある。あのとき、このときが思い浮かぶから、捨てられない。

誕生日が近くなると、欲しいものを物色しておくこともある。旅先で目に留まったものを、持ちかえって、「とってもすてきなプレゼント、見つけてくれて、ありがと」と有無を言わさず相手に請求書を渡して、事後プレゼントにしちゃうこともある。相手はしかたないなあ、という顔をして苦笑している。買ってもらったモノは、そういう関係の記憶のよりしろだ。だからやっぱり捨てられない。

若くて貧乏なとき。迷って買えないモノがあった。どれかひとつを選ばなければならないと迷ったときには、「うーん、決められない」とうめいた。予算はひとつ分しかなかった。おカネに余裕ができると、迷ったときには、両方とも買うようになった。だが、迷って、逡巡して、ようやく決めたモノのほうが愛着が深い。

女友だちとショッピングに行くと、シビアな判定をしてくれる。

「これ、いいわね」

と言うと、ただちに「却下」と言うきびしい女性がいた。銀座を職場にしている、ハイセンスな女性だった。

その彼女が珍しく「許可する」と言ってくれたコートがある。マックスマーラのとんでもないお値段のコートだった。でも、流行に関係なく、永遠に着られそうなコートだった。そのコートに袖を通すたびに、いまはもうこの世にいない彼女を思い出す。

身につけているものを、「あら、いいわね」と女友だちが言ってくれる。「それ、ちょうだい」と遠慮会釈なく言ってくるひともいる。「しばらく使っててていいわ。そのうち廻してね」と。こちらだって負けてはいない。「まだ現役だからダメよ」とか、「あら、気に入ったの。じゃ、遺品にしておくわね」と返す。わたしが死ぬのを待っててね、と。

ブローチやネックレスなどは、時にはその場ではずして「気に入ったのなら、あげるわ」と渡したこともある。好きなひとにもらってもらうのが幸せ、と。その逆もある。「すてきね」と言ったとたんに、その場ではずしていただいたアクセサリーもある。初対面のひとだったので、名前も覚えていない。講演会場のトイレのなかだった。これも忘れられない。そのときの情景がありありと思い浮かぶ。だから捨てられない。

女友だちとおそろいで買ったものもある。ひさしぶりに会った外国からの友人が、その日わたしが身につけていた涼しげなネックレスをほめてくれた。安物だった。「あげるわよ」と喉元まで出かかって、おそろいで買ったもうひとりの女友だちの顔が思い浮かんだ。で、ことばをのみこんだ。あとで彼女にあげなかったことを後悔した。今度いつ会えるかわからない友人だった。

と書き連ねているのは、どれも「捨てない／捨てられない理由」ばかりだ。年寄りの住まいがゴミ屋敷になり、家族が勝手にモノを処分すると怒るのも無理はない。モノにはどれもモノ語りがあって、かんたんには捨てられないのだ。

断捨離なんてしなくていい、と言っていたのは五木寛之さんだっけ。いずれわたしがいなくなれば、モノもそのモノ語りごといっしょに消える。そうなればモノはすべてゴミになる。死んだあとの遺品整理は誰かがやってくれるだろう。断捨離は第三者にやってもらうに限る。

不要不急

コロナ禍の一年が過ぎた。春夏秋冬四つの季節を経て、また春になった。

この一年が長かったのか、短かったのか……。「あっというまに過ぎた」と言うひともいる。だが、わたしにとっては、短かったとは思えない。コロナ禍直前の二〇二〇年一月にすべりこみセーフで実現した三百人規模の「介護保険の後退を絶対に許さない！」抗議集会、全国一斉休校要請の直前にでかけた泊まりがけの温泉旅行、緊急事態宣言の前に女子会でつついた鴨鍋料理……思い返せばどれも十年も前のことのように思える。そんなことができた時代もあったのか、と。

リモートワークで移動の必要がなくなったので、都内を離れて八ヶ岳南麓の山の家にコロナ疎開した。「コロナ戦争」だの、「疎開」だの、「自粛警察」だの、戦時下を思わせる物騒なコトバが流通する。地方ではコロナ感染者のプライベートな人間関係の連鎖が暴かれる。自殺者も出たと聞いた。

コロナ疎開は「自主隔離」のためだった。「三密」を避ければ、互いに距離を置きあうしかない。こんな日を予期したわけではないけれど、山の家を建てておいてほんとうによかった。

周囲を森に囲まれた山の家では、季節の移り変わりが体感できる。日の昇り方や翳り方、日射しの傾き、日脚の長さ……にからだがなじむ。そしてふと足早に目的地へ移動していたときには、そんなことを感じる余裕がなかったと思い起こす。

考えてみたら、どのくらいの時間を移動に使っていたことだろう。移動は空白の時間、アタマをリセットするのによい、などと言うひともいるが、それ以上に、必要のないムダな時間だった。

山の家は書庫を兼ねた仕事場。片流れの天井の高いワンルームの壁一面を書棚が覆う。家を建てる前から六〇平米ワンルームが希望だった。北欧の高齢者住宅を訪ねたとき、高齢者ひとりあたりの標準の広さが六〇平米であることを知った。そのときから、自分自身のために六〇平米の空間を確保したいと思ってきた。地価の安い土地なら、そのくらいのぜいたくは許される、と。それに勤め先の大学を退職するとき、研究室の蔵書をすべて撤去する必要に迫られた。坪単価何百万もする都内の住まいには置く場所もない。すべてを山の書庫に移動した。

その図書館みたいな空間に、ひとりでしーんといる。音楽も要らない。本に囲まれて、誰からも邪魔されずにひとりで過ごすこの空間の静謐がほんとうに好きだ。ひとりでいることが苦にならないし、ひとに会いたいとも思わない。

メディアではいろんなひとがインタビューに答えて、「コロナ隔離の暮らしのなかで、リアルにひとと触れあうことの大切さを改めて認識しました」と口にする。ふっと、ほんとにそうだろうか、と思ってしまう自分がいる。

生活は簡素になった。メイクもしないし、着るものにも頓着しなくなった。ためこんだ色とりどりのアクセサリーは出番がない。すっぴん、ノーブラ、ユニクロの三点セットが定番。通販のカタログ雑誌は届くが、物欲も減った。暮らしていくのに、なんてわずかなものしか要らないのだろう、と痛感する。しごとはキャンセル続きで収入は激減したが、代わりに支出も激減した。おカネが財布から出て行かない。使うところがないからだ。これでは消費が落ちこむのも、むりはない。

手元にデパートの商品券がある。ただの紙だ。じっと見るが、使い道がない。デパートに長いあいだ足を運んでいない。出かける気もしない。そもそも田舎にはデパートそのものがない。都会に出かけなければ使えない点では、商品券も紙幣も同じ、ただの紙。この紙を使うことがあるのだろうか、とふと思う。戦時中の軍票が敗戦後にただの紙になったように、商品券も、日本銀行の紙幣も、ただの紙くずになる日が来るかもしれない。不穏な空想なのに、根拠もなく、そうなっても平気な気分になる。

英語の表現に「~なしですませる do without ~」というものがある。ときどき人生の棚卸しにこの表現を使ってみる。「あれもなしですませる」「これもなしですませる」……空欄につぎつぎとさまざまなものやことを放りこんでいくと、たいがいのものが入ってしまう。あれがなくっちゃ、というこだわりのグッズや、執着の対象もあまりない。そこに人間関係を放りこんでいく。あのひとも、このひとも……と続けるうちに、大切だと思っていたあのひとも入ってしまいかねないので、どきりとして途中でやめる。何より、自分自身をその空欄に放りこみそうになる。自分の人生を「不要不急」だと観念する。

しごとのスケジュールで時間を埋めてきた。せわしなく移動し、忙しく立ち働き、他人からは「お忙しいところ、もうしわけありませんが……」と枕詞付きで連絡が来た。こなさなければならないしごとの山がいくつも待ち受け、それを波乗りのようにひとつひとつ越えてきた。そのたびにぎりぎりに追いつめられ、切羽詰まり、テンションが上がった。そしてその状態を快だと感じてきた。

……そうでもしなければ、退屈が、喉元までせりあがる。それにフタをしてきたのだと思った。

「あなたにしごとのない人生なんて考えられない。耐えられないでしょう」と言われた。だがコロナ隔離の暮らしが教えるのは、ぞんがい平気、な気分である。

そしてそれを口にしてはいけない気分にもなる。

子どものころ……他人の役に立たない人生を送りたい、と思っていた。世の中の片隅でひっそり暮らすから、あなたの人生の邪魔をしない代わり、わたしの人生の邪魔もしないで、と思った。ひとりで放っておいてほしい、と思った。

そうしたら、ほんとうにひとりでいることが推奨される時代が来るとは。

わたしがいてもいなくても、世界は変わらないだろう。何千万かの人間が亡くなっても地球は痛くも痒くもないだろう。それは絶望なのか、希望なのか。

わたしの前に自然があり、わたしの後にも自然があり、わたしの存在も不在も、自然に影響しないことは、希望に思える。だが「人新世《ひとしんせい》」と呼ばれる時代には、人間の存在が自然を変えてしまうのだという。人間は神をも怖れぬ不遜な存在になってしまった。

コロナ禍は永遠に続かない、と口にする。言ってみて、それに根拠がないことに気がつく。そしてもしこのままこの状態が続いてもかまわないと、心のどこかで思っている自分に驚く。

コロナ禍を生き延びてリアルでお会いしましょうね、とメッセージに書く。ほんとにそんなときが来るのだろうか、と自分で自分につっこみを入れる。二度とそんな機会が来なくても、それはそれでいいような気もする。

わたしが「老後」という人生の撤退戦に入ったからだろうか……。だがこの老成の気分は、若いときから親しいと感じる。「老成」というが、「成熟」したわけではない。年齢と成熟になんの関係もないことは、いやというほど味わった。だが盛りを過ぎたもの、衰えていくもの、滅びていくものが好きだ。頽落《たいらく》はその実、少しもうつくしくない。それがなんだというのだ。ひともモノも、クニもマチも、生まれて栄えて滅びて、朽ちる。それでいいではないか、とどこかから声がする。

コロナ禍が過ぎ去ったあと。人びとは再び浮き立って、美食の巷に走り、衒示《げんじ》的消費をし、虚飾と悦楽を求めるのだろうか。コロナ禍のもとで、こんなに少ないモノで足りたことを、忘れないようにしよう。

II

インテルメッツォ

チョコレート中毒

人後に落ちないチョコレート・アディクト（中毒者）である。ひとには言わないが、バッグのなかには、いつでもチョコレートが入っている。

午後四時。朝からの疲れが滲みだし、目が開けていられないほど睡魔が重しのようにのしかかる。そのときに、ひとかけのチョコレート。講義に出る前にも、勢いづけにひと口のチョコレート。講演のあとに、じわっと口に拡がるチョコレート。新幹線の座席に腰を下ろして、さてバッグからチョコレート。

長引いた会議の最中に、やっぱりちょこっとチョコレート。ほかのおやつはテーブルに出しにくいのに、なぜだかチョコレートだけは教授会の最中だって、つまんでもかまわないような気がする。最近はさすがにタバコを会議の最中に喫《す》うひとはいなくなったが、タバコがOKの場なら、チョコレートだって、と勝手に自分に許可した。どちらもオトナの嗜好品、という言い訳があるからだと思う。ただし、そういう場合はひとりでたしなむのは憚《はばか》られるので、周囲のひとたちにも勧める。ひそかに共犯者をつくる意図もある。たいがいは、おやおや、という顔をしてボックスをのぞきこみ、じゃひと粒、とつまみあげて頬がゆるむ。会議を和ませる効果もある。

持ち歩き用の小さなボックスを用意している。もともとチョコレートが入っていた空き箱だったり、小さなカンだったり、小型の密閉容器だったりする。これに板チョコなら割り入れる。トリュフなら数個を入れて持ち歩く。チョコレート・ボックスはかわいいのが多いので、捨てられない。

だから、初夏から秋口まで、持ち歩くチョコレートが溶けだす季節になると、困ってしまう。秋風が吹き、チョコレートが溶けない季節が到来するとほっとするが、真冬でも暖房の効いた電車の車内だと、うっかり溶けてしまうこともある。最近では床暖房の入ったおうちがあるから、油断ならない。バッグを床に置いたばかりに、なかに入れておいたチョコレートが無惨に変形した姿と対面するはめになる。溶けて変形したチョコレートでも、やっぱり食べる。なさけないなあ、と思いながら食べる。

こんなにチョコレート中毒なのに、銘柄にはほとんどこだわりがない。大手菓子メーカーの板チョコから、有名パティシエの手作りの逸品まで。いただきものが多いので、好き嫌いなく、何でも食べる。アルコール中毒者は酒の味などにこだわらないそうだから、チョコレート中毒も、チョコレートでありさえすればいいのだろう。でも、おいしいのとそうでないのとの、区別はつく。おいしいチョコレートはひとり占めしてゆっくり食べる。おいしくないチョコレートでも、チョコレートならやっぱり食べる。

在庫が切れるのが怖いので、必ず冷蔵庫に備えを用意しておく。禁断症状が怖いところもほかの中毒に似ているかもしれない。在庫があることを確認してにんまりする。ずっと保管したままで、賞味期限がとっくに過ぎても、食べる。南極大陸で遭難した探検家が残したチョコレートだと思って、食べる。

子どものころからチョコレートはとくべつな食べものだった。明治の板チョコは永遠の味。カカオの比率がどんどん増えて「オトナの味」に近づいたが、いろいろ味わってみて、まろやかなミルクチョコレートがいちばん、と思うようになった。でも、コンビニの店頭で新製品のチョコレートを見つけたら、試さずにはいられない。プラリネやナッツ、フルーツなど細工ものも増えたが、シンプルで奥の深いガナッシュがいちばん。ホワイトチョコレートはチョコレートと名のっているが似て非なるもの。やっぱり、チョコレートはチョコレート色でなくっちゃ。ひと粒が数百円もする芸術品みたいなチョコレートもあるが、しょせんチョコレートはチョコレート。口のなかではかなく溶けていく運命は同じ。楠田枝里子さんみたいに、チョコレート研究家になるつもりはない。チョコレートに貴賤はない。

午後のコーヒーに、チョコレートほど合うコンパニオンはいない。紅茶にもチョコレートは合う。大好きなほうじ茶にも、チョコレートは合う。ウィスキーにも合うし、ワインにも合う。おなかいっぱい食べたフルコースのフランス料理のあとにも、ひと粒のチョコレートはうれしい。お雑炊まで堪能した鍋料理のあとでも、ひと粒のチョコレートがほしい。ベッドに入る前にも、ナイトキャップ代わりにチョコレート。そのまま歯を磨くと、お歯黒状態になる。それでもやっぱりチョコレート。つまりいつだってチョコレートなのだ。

中世のヨーロッパでは、チョコレートは媚薬代わりの貴重品だったとか。ああ、チョコレートがこんなにかんたんに手に入り、こんなに進化した時代に生きててよかった!

寿司食いてえ……

コロナ疎開で自主隔離のあいだに、物欲も外食欲も減った。たまには外でおいしいもんを……と思うこともなくなった。フラ飯もイタ飯も、なくてもすむ。だが、たったひとつ、なくてさびしい思いをしたのが、寿司である。そういえばコロナ禍のあいだ、一年半以上も寿司屋のカウンターにすわっていなかった。スーパーで買ってくる盛りあわせは似て非なるもの。食べるとかえってみじめになる。

緊急事態宣言が明けて、なぜだか感染者数が急減し、街に人出が戻ってきたころ。もういいか、という気分になって、寿司屋に出かけた。それ以来、週に一回のペースで行った。そのあとにまた感染力の強い新型株が登場したので、寿司屋通いも自粛。自分の行動を見ていると、飲食店はコロナ禍にふりまわされてたまったもんじゃないだろうな、と同情する。

日本海側の北陸の都市に育ったのに、子どものころは肉と魚が食べられない偏食児童だった。肉は肉屋さんに行って枝肉が吊り下げられているのを見て以来、食べられなくなった。魚は先ほどまで泳いでいたのにそれを裂いて食べるなんて……と、こちらも箸をつけられなくなった。繊細な子どもだったのだ、わたしは（笑）。代わりにタンパク源として食べたのは、かまぼこと卵。すり身のかまぼこは原形をとどめていなかったので食べられた。幸いなことに育った土地はかまぼこ王国。いまでもかまぼこは好きだ。

十八歳の年に家を出た。旅に出た宿で、生まれてはじめてはまちの刺身を食べて、こんなうまいものが世の中にあるのか、と驚嘆した。可愛い子には旅をさせよ、とはよく言ったものだ。それから食わず嫌いが治った。目の前にあるめずらしいものは、何でも口に運ぶようになった。そのうち海外へ出る機会が増え、見たことも聞いたこともない食べ物が出てくると、持ち前の好奇心でひととおり口に入れるようになった。何でも口に入れてたしかめるあかんぼのようなものだ。もちろん下痢をしたり、腹痛に苦しんだりもした。下痢をしながら、やっぱり食べつづけた。地元の食堂で隣のひとが食べているものを見ると、わたしにも、と言うようになったし、招待されたお宅では、出されたものは残さず食べるのが礼儀になった。そのうち悪食と言ってよいほど何でも食べるようになった。あまりに何でも食べるので、人類学者の友人から、「社会学者にしておくのはもったいない」とまで言われた。中国人は机以外の四つ足のものはすべて食うといわれているが、わたしは二つ足のものも食う。レストランで「食べられないものはありますか？」と訊かれたら、「何でも食べます、人も食いますから」とニッコリする。

地方に行くときには、地元の寿司屋で近海物のネタの寿司を食べるのが楽しみになった。講演会のあとにセッティングされている懇親会などはノーサンキュー。居酒屋や立食パーティなどで、おいしいものが出てきたことがない。そのくらいならひとりで放っておいてくれたほうがよい。地元の寿司屋に出かけて、女ひとり寿司をする。

湯山玲子さんの『女ひとり寿司』（幻冬舎文庫、二〇〇九）は、寿司屋の名店のカウンターを制覇した名著だ。おひとりさまの個食はトレンドになったが、それでも女がひとりで入るにはもっともハードルが高いのが寿司屋のカウンター。財布の厚いオジサマが若い女に蘊蓄《うんちく》を垂れる聖域なのだ。秘境はヒマラヤやアマゾンだけにあるとは限らない、都会のどまんなかにもある。そういって秘境探検に乗りだしたのがこの本だ。ちなみに「おひとりさま」とは個食が増えた外食業界で生まれた業界用語。わたしの『おひとりさまの老後』（文春文庫、二〇一一）は、湯山さんの『女ひとり寿司』に刺激されて書いた。

地元のひとたちに評判のよい寿司屋さんを探して行くと、ネタも新鮮で値段もリーズナブルなのに、練りわさびが出てくるのが惜しい。あるとき、生のマイわさびを持ち歩いて、「大将、これでやって」とカウンター越しに頼んだが、嫌がられただろうなあ。残ったわさびは周囲の方にもどうぞ、と言って置いてきた。それに土地によって、醬油の味が違う。西日本や九州に行くと、醬油が甘い。ネタがいいのに、この甘ったるい醬油につけるのは……と残念な思いがする。九州のひとたちによると、甘くないと醬油の気分がしないそうだ。一方関東ではまっくろなたまり醬油が出てくることがある。なるほど黒潮帯は鰹鮪《かつおまぐろ》文化圏、切り身の脂をはじくような濃さの醬油が合うのだろう。

関西暮らしの長かったわたしにとって、魚はやはり鯛や平目。鰹や鮪の好きなひとには、竜宮城を泳いでいるのは鯛や平目で、鰹や鮪じゃないでしょ、と毒づく。鰹や鮪が竜宮城のまわりをびゅんびゅん高速で泳ぐ姿を想像するのは難しい。白身に合わせる醬油は透明度が高く、赤みのある紫。南のほうの寿司屋に行くときには、マイ醬油持参で行こうかしらと思うくらい。塩でもいい。九州の名店で、全品違う種類の塩と柑橘の酸味だけで食べさせてくれる寿司屋があった。うう、もう一度行きたい。

太平洋側で覚えたのは青魚のおいしさだ。房総半島を巡ったときに、とびこんだ地元の寿司屋さんで食べた鰯《いわし》のにぎりは絶品だった。おおぶりの鰯が片身、あふれんばかりに盛られている。それを大口を開けてあんぐり食べる。口のなかにさわやかな脂の味が拡がる。鯵《あじ》も鯖《さば》もおいしい。大衆魚だからってバカにしてはいけない。

歳をとったら、ふるさと回帰なのか、日本海の魚が好きになった。はまちは出世魚。大きくなったら鰤《ぶり》になる。冬場の鰤は最高だ。板前さんに大根おろしとわさびをたっぷり、おねがい、と頼む。お、知ってるね、という顔をされる。大根おろしとわさびをほぼ同量、ここに醬油をたらし、切り身にまぶして食べる。大根は辛味大根ではなく、冬場の甘い大根がいい。切り身にたっぷり盛ったり巻いたり……いくらでも食べられる。この食べ方、ほんとはひとに教えたくない（笑）。

日本で人口当たりの昆布の消費量が一番多い富山では、昆布締めが出てくる。鯛、平目、鱈《たら》、鰆《さわら》、何でも昆布締めにする。甘海老も昆布締めにする。細かいガス海老をびっしり昆布に埋め尽くした昆布締めを食べたときにはそのテマヒマを思って感動した。もともとうまいものをもっとうまくしようなんて、いったい誰が考えついたのだろう。わたしの母は、近所の魚屋さんに昆布締めを注文に行くときには、必ず家から一本買いした羅臼《らうす》の昆布を持って行った。黙っていると魚屋さんにある昆布を使われるので、いまいち味が落ちるからだ。昆布締めの昆布はもちろん捨てない。冷凍しておいて、吸い物や鍋に使う。

海の幸で好物は、いくら、うに、白子、あん肝……とコレステロール値が上がるものばかり。事実、血液検査のコレステロール値は警戒レベルに達しているが、好きなものは好き。蟹も味噌、あわびも肝がよい。金沢の近江町市場で毛蟹を人数分四杯買って帰ったときには、そのうち三人が蟹味噌を食べられないと言ったので、ありがたく四杯分の蟹味噌を一人で食べたのが自分史上の最高記録。地元の魚屋さんがその二階で営む料亭で、仲居さんがお客に運んでいるあわびのおつくりに肝がついていないことに気がついたので、肝はどうなってるの、と尋ねたら、お好きじゃない方もいらっしゃいますので、という答えが返ってきた。余ってるならください、と頼んだらどんぶり一杯出てきたので、たいらげた。食の思い出は食欲を刺激する。

フラワーボーイ

今朝、窓辺の胡蝶蘭《こちょうらん》が一つ、開花した。

いつのまに蕾《つぼみ》をつけ、いつのまにふくらんでいたのだろう？　咲いたときには、いつもびっくりする。おや、おまえ、ここにいたのかい？　すっかり忘れていてごめんね、と。

わが家の胡蝶蘭は十三歳だ。年齢を忘れることがないのは、二〇一一年、あの大震災の年のいただきものだからだ。季節も同じころ。その年に、二十年近く勤めた東京大学を退職した。三月に最終講義が予定されていた。その直前の大震災だった。東京都内も交通が混乱し、すべての行事がとりやめになった。

その後、わたしの最終講義がないことを惜しんで、卒業生たちが特別公開講義を主催してくれた。そのあいだにわたしの講義のタイトルが変わった。「生き延びるための思想」へと。震災と津波、原発事故を報道するＴＶ画面を呆然と眺めつづけたあの数週間が、わたしの講義のタイトルを変えさせた。逃げよ、生きよ、生き延びよ……と。

胡蝶蘭はその退職のお祝いにいただいたものだ。みごとな花をつけた胡蝶蘭の鉢が、いくつも届いた。並べてみて、「パチンコ屋の新装開店みたいね」と毒づいた。お祝いというと胡蝶蘭、としか思いつかないのか、とうんざりした。引っ越し先に持って行って、さて、どうしたらよいものか、と案じた。

だが、胡蝶蘭はけなげに咲きつづけた。蘭は花期が長い。花のない時期にも目を楽しませてくれた。

世の中には、植物を育てるのがうまいひとと、へたなひとがいる。どんな一枝からも移植してみごとな株をつくってしまうひともいるし、どれだけ鉢植えを買い求めても、無惨に枯らしてしまうひともいる。わたしはどちらかといえば後者だ。一時は植物好きのいとうせいこうさんよろしく「ベランダー」を自称してマンションのベランダにさまざまな鉢植えを持ちこんで、来年も咲かせてみせるぞ、と意気ごんだりもしたが、ほとんどの鉢花は、翌年のシーズンが来る前に枯れ果てた。ネグレクトしたわけではない。たぶん水遣りのしすぎで根腐れを起こしたのだと思う。どちらかといえば過保護のほうだ。

とはいえ、出張の多いひとり暮らし、海外にもしょっちゅう出かけた。夏や冬の長期の休みもある。落ち着かない暮らしのなかで、気がつけばざぶざぶとお水を遣り、心ここにあらずとなれば注意が向かない、気まぐれな世話だった。植物の世話をしていると、もしかしたら自分が親になったらこんなふうに子どもに接するかもしれない、と思ってぞっとした。

蘭をもらって、よおーし、来年も咲かせてやろうと思った。さて、長い休みをどうするか？ 大学の教師になったおかげで、一生のあいだ、夏休みのある生活を味わうことができたのは僥倖《ぎょうこう》だった。だが一ヶ月以上も家を空ける暮らしは、植物を育てるにはふさわしくない。

友人の写真家でベランダを薔薇《ばら》で埋め尽くしている女性がいる。松本路子さんだ。薔薇を愛し、薔薇を求め、薔薇を写して『晴れたらバラ日和』（淡交社、二〇〇五）というすてきなフォトエッセイ集も出している。

しょっちゅう海外にも取材旅行に出かけるのに、そのあいだはどうしているの？と尋ねると、仲間内で留守宅を守ってくれる「フラワーボーイ」を雇っているのだという。もちろんそんな職業があるわけではない。気心の知れた仲間のうちに、たまたまフリーターの青年がいて、部屋の鍵を預けて、ゴミ出しやプランツの水遣《みずや》りをお願いしているのだとか。おひとりさまの女性の留守宅の鍵を預けるのだから、よほどの信頼がなければならない。そんな便利なひとがいるのか、と感嘆したが、どこでも見つかるわけではない。

引っ越した先の地域に、介護事業者がいた。しかもヘルパー指名制を採用しているユニークな事業者だ。ヘルパーだって得意分野もあれば好き嫌いも相性もある、人気のあるヘルパーさんには指名制を採用して、指名料をとればいい……がわたしの持論だった。あるところでそんな話をしたら、「実は、うち、やってます」と名のりを上げたのがその事業者、グレースケア機構の柳本文貴《やぎもとふみたか》さんだった。ホームページをのぞいてみると、ヘルパーさんの顔写真と共に得意分野が書いてある。マッサージが得意とか、中国語ができますとか。人気があるのは片づけのプロ。まるでキャバ嬢の紹介ページみたいだが、キャバクラでは指名料をとるのだから、介護だって指名料をとったらいいのだ。

どんな利用者が指名制ヘルパーを使っているの？と尋ねてみたら、いろんな事例を教えてくれた。

若い女性障害者がイケメンの男性介護職を指名して、ベッドから車椅子に乗せてもらうときに、お姫様抱っこをしてもらうんだという。郷里の鹿児島から老母を呼び寄せた女性が、鹿児島出身のヘルパーさんを指名して、その訪問のあいだは鹿児島弁でしゃべってもらうようにしているとか。片づけヘルパーさんはひっぱりだこだそう。

人間のケアをするなら、うちの蘭のケアもしてもらえないものだろうか？

柳本さんと相談して、「おひとりさまプラン」という商品をつくってもらった。介護保険外の自費負担サービス事業である。年間一定時間数を使うことを条件に、年間契約を結ぶ。それ以下でも金額は変わらない。上限をオーバーしたらその分だけ超過料金を支払う。一時間当たりの金額は介護保険の自費サービス十割負担に当たる。安くはない。

だが、これで長期の出張や休みが安心してとれるようになった。プランツの水遣りはもとより、留守宅に届いた宅配便の受け取りや転送、毎日山のように来て郵便ボックスを満杯にする郵便物の引き取りなど、お願いすることがいろいろあった。鍵を預けてあるので、緊急事態にも対応してもらえた。出先で、しまった、あの電化製品の電源、オフにしたかしら、と気になってしかたがないときには、緊急コールで走ってもらった。どうしても家に戻れない時間帯に友人が成田空港から自宅へ到着することがわかっていたときには、駅まで迎えに行ってもらった。アメリカ人の友人だった。「英語はできるの？」と訊いたら「なんとか」と答えが返ってきて、そのとおり、なんとかなった。

うちの蘭は、そのおかげで十三年目の今日も、無事に花をつけた。いただいた翌年にもみごとに花をつけ、三年目にも咲いた。植物を育てるのが名人の女友だちがそれを見て、「ふーん、保って三年、と言うものね」と「呪い」をかけていったが、その「呪い」も乗り越えて、四年、五年……と毎年花芽をつけ、今年も咲いた。ほめてやりたい。自分を？　いや、この蘭たちを。

その代わり、蘭の花枝は野放図に伸びて、コントロールできない。見ているとけなげにも日の当たるほうへと伸びていく。その方向がわたしの目に触れるのとは逆方向なので、花芽が出たことがわかると、向きを変えてやる。そうするとそれにまた抗って、日の当たる方向へと身をよじらせる。なんだか、虐待をしているみたいで気がひける。

パチンコ屋の開店祝いか、と毒づかれた胡蝶蘭たちは、退職後の歳月をわたしと共にして、それを目撃してきた貴重な伴侶になった。蘭をくださった方たち、ごめんなさい。株は乱れ、花芽はしだいに小さくなり、ひげ根はあたりかまわず伸び放題。わたしと同じように、蘭だって加齢しているのだと思う。それでも季節になると律儀に花を咲かせてくれる。その花の美しさに変わりはない。十三歳になった記念に、この子たちに名前をつけようか……。

芝居極道

自分以外の何者にもなりたくないと思っていた若いころ、板の上で他人の人生を生きようとする演劇青年たちが理解できなかった。他人の書いた脚本どおりに声を出し、アドリブは許されず、自分の肉体を人前にさらす。恥ずかしげもなく、よくあんなことができるものだと思った。

梅雨明け宣言は出たが、コロナ明け宣言はまだ出ない。なのに、このところ芝居づいている。ニューノーマルどころか、オールドノーマルの生活に戻ったような気分で、三密の劇場に足を運んでいる。芝居は演《や》りたくはないが、観るのは好きだ。いや、食わず嫌いだったのが、好きになった。

長いあいだ関西にいたので、一九七〇年代に起きていた小劇場第三世代への世代交替には縁がなかった。デモをするために夜行列車で京都から東京へは行ったが、芝居を見に行く気分も余裕もなかった。六〇年代のアングラ演劇、唐十郎の「状況劇場」や寺山修司の「天井桟敷」の噂は耳にしても、遠い世界のできごとだった。ちなみに同世代の社会学者に演劇青年たちは何人もいる。橋爪大三郎さんも演劇青年だったし、吉見俊哉さんもそうだった。吉見さんがのちに「ドラマトゥルギーとしての都市」論を展開するのはもともとその素地があったからだし、学者人生の終幕を飾る彼の最終講義が、ドラマ仕立てだったのは圧巻だった。

八〇年代、東京と京都のあいだをしごとでひんぱんに往復するようになってから、まめに劇場へ通うようになった。小劇場運動からは、「遅れてきた、しかもすでに若くない観客」だった。「第三舞台」の鴻上尚史さんの知遇を得てかれの舞台を見たとき、衝撃を受けた。演劇の文法が変わった！と。それまでのリアリズム演劇とは、まったく違う舞台空間がそこにあった。

聞き取れないほどの早口で話す役者、ナンセンスなギャグと地口の連発、空間と時間の自在な転換、現実と異界の往還、脈絡もなく突然始まる歌と踊り、息もつかせぬ展開の速さ……笑わせ娯《たの》しませせながら最後にジーンとくるメッセージ性。鴻上さんの舞台が「ボクたちの学園祭」と異名をとっていたように、しろうとっぽい役者たちが舞台を縦横に駆け回り、跳んだりはねたりする姿は、祝祭的な喜びにあふれていた。すでに学園からは離れたけれど、あの学園祭の楽しさが忘れられない、かのように。プロの役者の目から見れば、発声もなっていないし、せりふは叫ぶだけの棒読み、見るに堪えないものだっただろう。

それから「第三舞台」のオリジナルの舞台は、ほぼすべて見てきた。しだいに歳をとっていくかれが、どんなふうに変化していくかが気にかかったからだし、戯曲家・演出家としてのかれとしだいに年齢差の開いていく役者との関係がどんなものになっていくのかにも興味があったからだ。

「第三舞台」だけでなく、女性だけの演劇集団「青い鳥」とのおつきあいも長くなった。フェミニスト心理学者の小倉千加子さんが若いころ入り浸ったというこの劇団には、元から興味があった。出演者のあいだでわいわい話しあいながらひとつの舞台をつくりあげていくというやり方から、作・演出の名前が「市堂令《いちどうれい》」となったユニークな劇団だ。メンバーは入れ替わらず、毎年一歳ずつ歳をとっていくのに、演じられる空間は「永遠の少女性」ともいうべき清冽さに満ちていた。

女性演劇人といえば永井愛さんの舞台も、ほぼ毎回見逃さずに観ている。この才女は、時事ネタをとりこんでウィットに富んだ脚本を書き、しかも男性の役者を使うのがうまい。劇団を率い、演出をする立場ともなれば、男女ともに劇団員を束ねなければならない。女性がリーダーになるのはむずかしい世界だと、さんざん聞かされた。「オフィス3〇〇《さんじゅうまる》」の主宰者、渡辺えりさんの苦労話を聞いたが、想像を絶する世界のようだ。

伝説の女性演劇人、四十四歳で夭折した如月小春《きさらぎこはる》さんの舞台はついに見そびれた。同じころ、テクノ系の演劇に挑戦していた京都の「ダムタイプ」は、何度か見に行った。「ダムタイプ」を率いていた古橋悌二さんも三十五歳の若さで亡くなった。かれらが生きていれば、どんな演劇の革新をやってのけたことだろうか。幸いに演劇好きの友人がいたので、前衛的な芝居をする「ポツドール」や「ブス会＊」の芝居にも連れて行ってもらった。平田オリザさんの「青年団」も見た。若手の演劇人、瀬戸山美咲さんの舞台も観に行った。原発事故を題材にした作品で、主人公が「私が原発を止める！」と叫んだ場面では、オイオイと思ったが、若い世代にそう言わせた責任を感じた。

学生演劇集団出身の小劇場世代にもっとも大きな影響を与えた野田秀樹さんの舞台は、当時からチケットが手に入りにくい高嶺の花だったが、こちらもご本人の知遇を得て、ご招待いただく幸運に恵まれた。

観劇はぜいたくな経験だ。舞台という空間と、役者の生身の身体、そして劇場を埋めた観客のため息や笑いや息を呑むような反応がスパークする体感。こればかりはTV中継やDVDを通しての観劇に代えられない。そして演劇は言葉と身体と光と美術と音楽と踊りが織りなす総合芸術である。しかもひとりではけっしてできない。集団のなかで、時間をかけてつくりあげられていく。ひとりひとりが、役柄だけでなく、音響や照明や衣装や舞台装置や小道具などに創意工夫を凝らし、それらのパーツが集まって交響曲のような時間の流れを創造する。そりゃ楽しいだろう。そりゃはまるだろう。

上演はその時その場かぎり、再演しても別のものになる。その時その場にいなければ味わえない臨場感だ。しかも客席は三百席余り。同時にこの経験を味わえるのはせいぜいその人数まで。小劇場とはよくも言ったものだ。東京には小劇団と小劇場が集中しているので、東京にいてよかったと思うのはこんなときだ。

芝居を見るたびに、鳴りやまない観客の拍手に頰を紅潮させて舞台に登場する、上演が終わったばかりの役者たちに、あたしたちも満足したけど、いちばん楽しんだのはあんたたちじゃない?と言いたくなる。極道もンもここに極まれり、という感じがする。そんなもの、何の役に立つ?という問いをふっとばす。演劇もアートも、人類史の初めから、なくてはならないものだった。学問だって極道の一種には違いないが、しょせんは引きこもっての「ひとり遊び」、道楽にしてはささやかなものだ。

劇場に足を運ぶ。観るほうにだってエネルギーがいる。車椅子生活になったら、あの急傾斜の階段席にたどりつけるだろうか?

山ガール今昔

いまから半世紀も前のこと。登山道の途中で女子ばかりの登山グループが休憩していた。その傍らに男子の多い某大学ワンダーフォーゲル部も休憩で腰を下ろした。水を飲んだりおやつを口に入れたりしていた女子グループのひとりが、食べ終わると口紅を取りだして化粧直しを始めた。その姿を、ワンゲル部員の男子が、目を細めて見ていた。それが許せないと、ある元ワンゲル女子が、怒りを込めて語ったエピソードを忘れることができない。

山に来てまで化粧直しなんて……と呆れただけではない。彼女の怒りは、化粧直しをする女子を、温かく見守っていた男子に向けられていた。いや、怒りだけではない、恨み、悔しさ、自分が得られなかったものへの哀惜……さまざまな感情が渦巻いていたはずだ。

山は男の世界だった。山に行くなら女を捨ててこい、と言われた。それなら連れて行ってやる、と言われた。女は行けない槍穂高《やりほたか》……と平然と告げられた。

半世紀前、わたしは京都大学ワンダーフォーゲル部の女子部員だった。当時の女子は三学年上にたったひとり、間を置いてわたしがふたりめの女子部員だった。ワンゲル部と山岳部の違いは、雪（冬山登山）と岩（ロッククライミング）をやるかやらないか。それだけでなく、山岳部に入ると言うと泣いて反対する親をごまかす口実でもあった。

合宿に女はわたしひとりしかいなかったから、固有名詞で呼ばれず、メッチェンと呼ばれた。ワンダーフォーゲルはもともとドイツ語、旧制高校の伝統を引き継いでザックだのシュラーフだの登山用具をドイツ語で呼ぶならわしにしたがって、少女を指すドイツ語のメートヒェンがなまったものだ。当時の登山用具は、テントも装備も何もかも重かった。ただひとりのメッチェンはほかの男子部員よりいくらか荷を軽くしてもらえたが、それでも二〇キロは背負ったと思う。急登で足元がふらつくと、「がんばれ、メッチェン」と声がかかった。水筒の水をらっぱ飲みで回し飲みすることも覚えたし、じゃりがかかった飯盒のめしを、「ふりかけ、ふりかけ」と言いながら食べることも覚えた。

夜になると焚き火の傍らで放歌高吟が始まった。山の歌に出てくる主人公は、男ばかりだった。男の自己陶酔をくすぐるナルシスティックな歌だ。そのレパートリーのなかには必ず猥歌があった。いったいどれだけの猥歌を覚えたことだろう。そしてどれだけの猥歌を男たちといっしょになって歌ったことだろう。若いときに覚えた歌は忘れない。その場にわたしという女がいることなどかれらは忘れているように見えた。わたしは女のうちに入っていなかったに違いない。

かれらは親切で優しく、紳士的だった。だが、にもかかわらず山の文化は完全にホモソーシャルな男性文化だった。そこへの新参者である女たちは、女であることの気配を消して、参入しなければならなかったのだ。

女の気配を消して男子に同調してきたワンゲル女子が、あろうことか登山道で「女らしさ」のパフォーマンスを全開にした同性を目にする。それ以上に、それを自分には許容しなかった仲間の男子たちの態度が変わった。これはなんなのだ？と彼女が思っても不思議はなかった。のちに男女雇用機会均等法というものができたとき、そうか、これは総合職女子と一般職女子の違いかと腑に落ちた。

その次にわたしを驚かせたのは、北アルプスのある山小屋でアルバイトの女性がピンクのフリルのついたエプロンをしていたことだった。それも女装コスプレで媚びるようでもなく、何の屈託もない様子で、好きなものを好きなように着て何が悪いの、と言いたい風情で。

山男たちは、山は下界と違う聖域だと思っていた。そこに下界の風俗を持ちこむのは御法度だった。だから男も女も禁欲的な格好でやってきた。それは女にとっては「男装」することを意味していた。それがピンクのフリルつきとは！

反感を覚えたわけではない。時代が変わったと痛感させられたのである。山女たちが増えて、山は男だけのものではなくなっていた。その山女たちは、いつのまにか山ガールと呼ばれていた。

今日、登山人口はどのくらいだろうか。若いひとたちのあいだでは汗水たらして山登りをするのは流行らないようだし、登山者は高齢化している。そして確実に女性比率が増えている。友人の山岳ガイドによると、引率するグループのうち半分以上は中高年の女性だという。山岳ガイドといってもアルプスのような急峻な峰ではない。日本百名山だの花の百名山だののガイドブックが増えて、中高年向けの低山トレッキングに人気が集まった。女は元気だ、体力がある。ヒマで、余裕もある。高さや速さを競いあったりしない。

それに登山用品が軽量化して、お洒落になった。かつてのテントの重さを考えると、昨今のテントの軽量さと簡便さはくらべものにならない。ひとりで簡単に設営できる。往年カニ族と呼ばれるもとになった横幅の長いキスリング（背負うとカニの甲羅のように見える）は途絶えて、縦長でスマートなザックがふつうになった。狭い崖道を歩くときなど、キスリングだと身体を傾けたときに側壁にぶつかって反動でバランスを崩して転落することもある。肩幅に合わせた縦長のザックはもともとその危険を回避する岩登り用なのだけれど、いまの登山者たちはそんな由来も知らないかのように猫も杓子も縦長だ。発汗を逃がす速乾性素材のシャツに、サポーター機能のついたスパッツ、それに二本のストック。山登りのファッションはすっかり変わってしまった。

中高年登山者たちはお金の余裕もあるから、まずカタチから入る。山登りをするひとたちは贅肉がついておらず、どのひともスマートでかっこいい。そして女性の登山者は「女らしい」ファッションを身に着けるようになった。男が絶対に着ないようなフューシャピンクのヤッケ、花柄のシャツ、首に巻いた赤いチーフ、そしてどこにいてもはずさないピアス。登山グループの一行に女性が混じっているとはっきりわかる。

これが、好きなものは好き、と下界でしているのと同じ格好で山にも来ているのか、それともことさらに「女装」しているのか、どちらかはわからない。国会の女性議員がふつうの働く女性が身に着けないようなまっ赤だのサーモンピンクだのの鮮やかな色合いのスーツを着ることを不思議に思っていたが、「女を入れない」世界だからこそ、あえて女性性の記号を誇示しているのだろうか。

山はもはや男たちの聖域ではなくなった。だが、山がいまでもあなどると命取りになる厳しい世界であることに変わりはない。ロープウェーで登れる二〇〇〇メートル級の山に、ヒール付きの靴で登ってきて難儀している女性に会って、開いた口がふさがらなかったが、逆に都会をヴィブラム底のウォーキングシューズで歩く女性もいる。わたしはいまでも男の足元を見る。都会で山靴のようながっつりした靴を履いた男を見ると、「おぬし、できるな」と感じる。いまでは働く女にもスニーカーが定番になったが、下界も山の上なみに、女にとってもきびしい世界になったということだろうか。

森林限界

森林限界。日本の本州中部では標高二五〇〇メートル以上にならないと達しない。日本アルプスには北アルプスにも南アルプスにも三〇〇〇メートル級の山々が連なる。暑く苦しい樹林帯を脱けると、いっきに眺望が開ける。そこは這松と草しか生えない森林限界だ。動物は雷鳥ぐらいしかいない。日射しを遮る樹影もないから、紫外線の強い太陽光が容赦なく照りつけ、身を隠す岩陰もないから峰を越える烈風がふきすさぶ。夏のシーズンにはとりどりの高山植物の花が開く。それがいっせいに風に揺れる。どの花も丈が低いのはこの烈風に耐えるためだ。短い夏が終わると八月にはすぐに秋の気配が来る。チングルマは風車のような綿毛をつけ、ワタスゲはいっせいに白い毛髪のような実をゆらす。

森林限界を越える山行《さんこう》を何度もした。北アルプスはほとんど縦走した。黒部川の源流にも行ったし、槍穂高が裏側から見える三俣蓮華《みつまたれんげ》から笠ヶ岳への縦走路もたどった。白馬から爺《じい》ヶ岳《たけ》まで後立山《うしろたてやま》連峰も縦走した。ほぼ毎夏を登山に費やした。母は色が黒くなるし、脚も太くなると言って、わたしの登山をいやがった。わたしは大学のワンダーフォーゲル部員だった。

唯一の女子部員、というわけではなかった。三年上にたったひとりの女子の先輩がいたし、同期にはもうひとりの女子が入部したが、彼女は五月連休の新人研修合宿に参加する前にやめてしまった。比良《ひら》山中腹にあるワンゲル部の山荘には、歩いて登るのが鉄則、ロープウェーがすぐ近くにあったが、それを使うと退部させられる規則があった。二時間かけて麓から登った山道を、ましらのように一時間で走って下りた。膝も腰も柔軟で、敏捷だった。

三十代は近場の登山でがまんした。休みの日に遅い朝食を摂ってから、さあ、行くか、と山友に声をかける。装備を調《ととの》えて比良山系の渓流登りにチャレンジする。いまでは渓流登り用のスニーカーが出回っているようだが、当時の必殺装備は地下足袋とわらじだった。シャワークライミングと呼ばれるように、全身ずぶぬれになる。なめと呼ばれるつるつるの岩のところでは、毎年何人かが滑り落ちて死者も出ていた。一度足場を踏みはずして、下から来るパートナーにお尻をささえてもらって命拾いをしたこともあった。身長以上の落差を登り切るとほっとする。

渓流登りで有名な谷川岳の渓谷や、関西では大台ヶ原《おおだいはら》の渓谷は奥が深く、たどり着くまでに一日はかかる。それにくらべて、安曇川《あどがわ》沿いにある比良山系の渓流は短い。京都市内からのアクセスもよい。とりついてから源頭《げんとう》まで二時間で登り切る。それから一時間足らずで駆け下りる。まだ明るいうちに家にたどり着いて呷《あお》るビールは最高だった。

だが、低山では頂上に到着したときの爽快感がない。森林限界を越えないので、うっそうとした樹木に覆われて視界が開けない。山頂に着いたことは、それ以上登りがないことから体感でわかるが、ここが頂上だという実感が持てない。せいぜい山頂を示す標識でそれとわかる程度だ。

それにくらべれば森林限界を越えた山の頂上感はとくべつだ。目の前にあった坂がなくなって、突然視界が三六〇度開ける。それまで視線を落として山道ばかりを見てきた。自分のしたたり落ちる汗だけでなく先行者の汗の痕が点々と残る。それが頂上にたどり着くと、足を出した先にそれ以上の登りがなくなって、両足が地に着く。そこが頂上である。晴れた日には遠くの山脈が見え、場合によっては足下に雲海が拡がる。三〇〇〇メートル級の山の頂上は岩だけだ。

汗水たらして山登りをする。何がよかったのだろうか。

森林限界を越えると、自然は人間のものでなくなる。里山のような人臭さや温かさはなくなる。崖にしがみつくように風に耐えている高山植物が一瞬の夏を過ごすように、人間もわずかな天候のあいまを縫ってつかのまその場に居させてもらう。悪天候になればテントのなかで雨チン（雨で沈殿の略語）だ。それが数日続くこともある。七月は梅雨明けまで雨模様、八月にはすぐに台風のシーズンが来る。予定を立てておいても好天に恵まれるとは限らない。夏山でも遭難者や死者は出る。たいがいは体力を過信したもう若くない中高年の登山者か、予定を変更できない勤め人の登山者たちだ。悪天候をついてスケジュールをこなそうと無理をする。夏山の雨は濡れたら芯まで冷えて体温を奪われるだけでなく、山頂にたどり着いても周囲はガスに覆われて景色も見えず、爽快感もない。そして下りで道に迷うのはたいがいこんなガスのなかだ。

わたしが属したワンゲル部が山岳部と違うのは、「雪と岩はやらない」という不文律があったことだが、それというのも「雪と岩」は生命の危険が大きく、親が泣いて止めるからだ。ワンゲルを隠れ蓑にして岩をやっている先輩もいた。わたしの弟は医学部山岳会に属していたが、冬山登山中に一七〇メートル滑落して死にかけた。

雪と岩が好きなのは、それが人間を拒絶するからだろう。初冬の山に登ったことがあるが、翌朝テントを初雪が覆うと、そこは神々しい別世界だった。ごめん、わたしの居るところじゃないけれど、ほんのつかのまでいいから、ここに居させてね、という気分になる。

森林限界から上の自然は人間を拒む。ひとの住むところではない。では神の住処か、と言いたいところだが、たしかにヒマラヤには「神々の座」という呼び名があった。北アルプスの尾根道を黙々と歩いたのはもう半世紀近く前になる。だがそのときの景観や体感は、まざまざとよみがえる。そしてあの自然があの姿のままで残っていることをひたすら祈る。

わたしが死んだあとにも、世界が少しも変わらず残りつづけることは、なんという希望だろう、と言ったら、友人のひとりが、そんなのイヤ、わたしがいなくなったら世界も同時に終わってほしい、と言った。わたしは彼女の欲深さに絶句した。

その世界も……少しずつ元に戻らなくなっている。温暖化で異次元のレベルに入った気候変動、世界各地で頻発する山火事、鹿に食べられてなくなった霧ヶ峰のニッコウキスゲ、日本の海からいなくなるサンマ。森林限界の上には哺乳類は棲めないと言われていたのに、雷鳥の卵や雛が狐や猿に襲われるという。動物たちがしだいに標高の高いエリアに上ってきているのだ。自然史的な時間のもとでは、人間はほんのひとときこの地球に間借りしているようなものなのに、いつのまにか間借り人の失火で、大家が燃え始めているかのようだ。

わたしの死んだあとに、世界はどうなるのだろう?

トイレ事情

　コロナ禍での封印を解いて、四年ぶりに海外へ出た。出るたびにぎょっとするのはホテルに入って、最初にトイレを使うときだ。まず便座の高さが違う。腰を下ろしかけて、どこに着地すればよいかわからないまま、お尻が宙に浮く。お尻がついたらついたで、今度は足が浮く。今回の旅行は南欧だったので、わたしのような小柄な女でも、便座にすわって足が地についた。ドイツや北欧のような大柄な民族のいるところだと、腰を下ろすことはできても、今度は足がぶらぶらと宙に浮く。それに何より抵抗があるのは、誰が腰を下ろしたかわからない便座に、べったりと尻をつけることだ。日本人が酒盃を交わしあったり、酒の回し飲みをするのを見た外国人が日本人の衛生観念を疑うのを耳にしたが、それなら尻をつける洋式便座はどうなるっと言いたい思いだ。

　次にくるのはヒヤッと感。どんな高級ホテルでもこれにはまいる。日本ではこんなことはなかったのに、とあの暖房付き便座が恋しくなる。

　その後にあれれ、と思うのが温水シャワーのないこと。大きいほうをしてから紙で拭き取るのは久し振りだった。そういえば、昔はこうだったたっけ、と。ギリシャの田舎では、トイレットペーパーを便器に流さないで、と指示があって、便座の隣に蓋付きのポットが置いてあったが、そこに排泄物で汚れた紙を入れるにしのびない。ごめん、と言いながら最小限の使用量を便器に投げ入れる。流れてくれよ、と祈りながら。

日本に帰って空港のトイレに心底感激した。日本では公共トイレでさえ、大部分に温水シャワー付きの暖房便座が設置してある。わたしたち日本人は、ずいぶんお尻を甘やかされているのだと、改めて感じる。

帰国したその日。PARCO出版から毎年出ている「御教訓カレンダー 三日坊主めくり」のその日の標語が「尻ぬくい」だったので、爆笑した。まったく、こんなにお尻に対して親切な国はない。わたしもすっかりそれにスポイルされてしまったので、いちいち驚くことになった。温水シャワー付き暖房便座は日本が世界に誇る発明品だと思う。海外の一流ホテルもこれを採用してくれたらよいのにと思うが、まだ便座のグローバリゼーションは起きていないようだ。それにトイレットペーパーと紙ナプキンの使い捨ては大問題。インド十四億の民が手で尻拭いをするのをやめてトイレットペーパーを使いはじめたら、世界の森林のどれだけがなくなるかという試算を見たことがあるが、こちらも温水便座で解決する。え、今度は電気エネルギーの浪費だって？ 再生可能エネルギーを使えばよい。

ギリシャの田舎町には日本式の便器があった。二本の足でまたいでしゃがむタイプだ。アメリカ人の観光客がのぞきこんで、オー、ノー、と叫んで開けたドアを閉める。あとには長蛇の列が続いている。ためらっている場合じゃないだろう。これは古代ギリシャ式といって日本にも同じものがあるよ、と言って、さっさと使わせてもらった。

中国の田舎に行ったときには驚いた。トイレは?と尋ねて通されたところには台座に穴がいくつか開けられているだけで、あいだに仕切りがなかった。そこで中国の女性たちが尻をまくって腰を下ろしていた。欧米から来た外国人たちがキャッと叫んで腰を退いた。だからといって尿意がなくなるわけではない。覚悟を決めて並んで腰を下ろした。このくらいのことができなければ外国の旅などできない。

感動したのは古代ギリシャに水洗トイレがあったことだ。ギリシャの古代遺跡には紀元前から上水道と下水道を完備した都市がある。インフラを含めて都市計画ができているところに石造のがっしりした都市国家が成立した。紀元前十何世紀もの昔、日本がまだ石器時代だったころのことである。いちばんかんたんな水洗トイレは、またいでしゃがんだ穴の下を水が流れていくものだ。そういえば、アウシュヴィッツの収容所のトイレも、同じく板を二枚渡したすきまに水を流したものだった。これだって水洗トイレには違いない。

アウトドアが好きだったわたしは、いろんなところで用を足した。好きも嫌いも言っていられない。男を羨ましいと思ったことはほとんどないが、立ち小便のできるホースがついていることだけは羨ましい。戦前日本の農家の女たちが、農作業のあいまに立ち小便をしたと知った。身体の解剖学的構造は変わらない、戦前の女にできた身体技法が、戦後の自分にできないわけはなかろうと、何度か失敗しながら試行錯誤したら、できるようになった。

野外の排便排尿は気持ちいい。ただし犬や猫のように出しっぱなしというわけにいかないので、ちり紙が残る。自然のなかでは紙の白さが目につく。自然保護のためには、犬の散歩のときのように自分の排泄物を回収して歩くべきなのだろう。

怖かったのはチベットで野糞をしたときのことだ。野犬がじっとこちらを見ている。いや、こんなところに野犬がいるわけがない、村はずれの飼い犬なのだろうが、痩せ方や精悍さが日本の犬の比ではない。犬と眼が合う。寄るなよ、来るなよ、と警戒しながら脱糞する気分はスリルを超えていた。出した糞は犬がただちに食べに来る。人間がヤクの糞を回収して用立てるのと変わらない。

これまででいちばんドキドキしたトイレは、東南アジアの沿岸地域でのものだ。水面の上の高床式住居に、二枚の板を渡したトイレがある。そのすきまから糞便を落とすと、待ち構えたように魚が寄ってきてそれをつつく。そうやって人糞で魚を養っているのだ。もし落ちたら……と思うとぞっとした。その話を聞いた別の女性が、これまででいちばん怖かった豚洗トイレの話をしてくれた。トイレに行きたいと言うと棒を一本手渡された。行った先は豚小屋だった。棒は何のためにあるかというと、脱糞したあとにそれをめがけてとびかかってくる豚を追い払うためのものだった。「あんな怖い思いをしたことはなかった」と彼女は言った。これでは便意もひっこむというものだろう。

ひとはトイレなしで生きていけない。これを文字通りインフラストラクチャー(下部構造)という。原発を「トイレなきマンション」とはよくも名付けたものだと思う。

テキストのヴェネツィア

小説を読んでも、おもしろいと思ったことがめったにない。評判の作品に手を出してみたあとには、時間の浪費、と毒づきたくなることがしばしばである。書かれたことの嘘くささと想像力の限界、そして粗雑な文体に、鼻白む思いをすることが多いからだが、まれに読みとおして感興を覚える作品に出会うと、宝くじに当たった気分になる。

そう感じるのは、わたしが社会学者だからだろうか。

社会学者とは、その職業的アイデンティティに賭けて言うが、「想像力より現実のほうが、もっと豊かだ」と信じる人種である。若いころ、本を読みあさったあとに「天が下に新しきものはなにもなし」と傲岸不遜にも思ったが、そのあと、世の中に出てみれば、世界にはわたしの知らない未知があふれていた。歴史のなかにも、人間の想像力の射程を超える現実がひしめいていた。いったい誰が、ホロコーストを想像しえただろうか。自分がとりわけ想像力の乏しい人間だとは思わないが、人間の想像力などしょせん身の丈を越えない、と思うようになった。

そんなわたしが好んで読むのは、したがって体験や周到なリサーチにもとづくルポ、ノンフィクション、エッセイである。テキストには、コンテンツのみならずナラティブという側面がある。ナラティブは、物語であり、語り口だ。それは芸であり、技術であり、それ自体が遂行的なパフォーマンスである。ノンフィクションだって粗雑なテキストは読みたくないが、同じような文体のクォリティを持った作品なら、フィクション（つくりばなし）より、ノンフィクション・ジャンルの作品のほうが、ずっとよい。わたしには数々の「文学賞」の対象がフィクションに偏っているのがふしぎでならない。どうやら文学の世界には、小説、批評、エッセイと序列がつけられているようなのだが、言語をメディアとした作品なら、物語、ルポ、評論、思想書、紀行文等々のジャンルを問わず、そのテキストの質を問えばじゅうぶんではないか。その意味では、池澤夏樹個人編集の『世界文学全集』（全三十巻、河出書房新社、二〇〇七－一一）に、日本から一点だけかれが採用した長編作品が、石牟礼道子さんの『苦海浄土』であったことは、見識と言ってよい。

ここに練り絹のような感触を持ったエッセイがある。読む悦楽をこれほど味わわせてくれる書物はめったにない。

作者は矢島翠さん、加藤周一の妻だったひとの、『ヴェネツィア暮し』（朝日新聞社、一九八七／平凡社ライブラリー、一九九四）である。

共同通信社初の海外女性特派員としてホノルルやニューヨークに滞在した矢島さん

は、当時フランス人女性と結婚していた加藤さんと出会い、熱烈な恋愛の末に、三度めの妻となった。その後、海外の大学を転々として教えた夫に同伴し、高齢で亡くなるまでの加藤さんを杖のように支えた。映画評を書いたこともあり、その高い文章力で知られる矢島さんが、結婚してからは寡作になったことが残念でならない。

本書は、彼女の数少ない著書のうち、結婚後、ヴェネツィア大学の客員教授として赴任する夫に随行して、水都ヴェネツィアで八ヶ月を暮らした経験にもとづく、文字どおり「珠玉のような」エッセイ集である。「珠玉のような」という常套句を使いたくはないが、ほんとうに掌中珠をころがす思いで、なんども反芻し、くりかえし読みたい思いに駆られる、数少ないテキストのひとつである。

イタリアもののエッセイストとして知られる須賀敦子さんは、矢島さんの友人でもある。須賀さんには、著作集もあり、ファンも多いが、矢島さんを知る読者は少ない。矢島さんの著作には、古いワインのような熟成感がある。掌《たなごころ》でグラスをあたためた舌のうえでころがしながら嘗めるようにひと口ずつ味わう。読み終わるのが惜しいような、ゆっくりした時間が流れる。しごとの必要に迫られて速読が身についたわたしには、まれな読書体験だ。

おとなのための極上のエンタメと言ってよい。いな、エンタメというジャンルが、プロットを追いかけるミステリーや大衆小説のためにあるとすれば、本書をエンタメと呼ぶのはふさわしくない。だが、読書体験がそれ自身のための自己充足的なもの、読み終わったからといってことさらにメッセージを受けとるわけではない、ただ読書のための読書である点では、エンタメと共通している。その「ぜいたくさ」に、極上からB級、C級までのグレードがあるにすぎない。

本書は、ヴェネツィア旅行を計画しているひとには、何の役にも立たない。旅行ガイドではないからである。なかには本書を旅行ガイドとして利用したいと思う読者もいるだろう。だが、同じ場所を訪れても、あなたが経験するものは同じではない。ヴェネツィアから帰ってきた旅行者が、本書を読んだとしたら、自分はいったい何を見てきたのか、と悔し涙に暮れるだろう。

だが、どちらの読み方もまちがっている。本書が描くのは、矢島翠というひとりの個性が経験したヴェネツィア、彼女の言語的遂行の外には、どこにもない世界だからだ。

本書はこう始まる。

ヴェネツィアは、天上の釣り人に釣りあげられて、アドリア海の奥の生簀《いけす》に、そっと入れられた魚に似ている。

誰がヴェネツィアについて、こんな比喩を使っただろうか。それだけで、読者は天上からの鳥瞰図から、急速にフォーカスするヴェネツィアのスポットに引き入れられる。

このひとの比喩の卓抜さは枚挙にいとまがない。

読書の悦楽を味わわせてくれるこのような文章は、ほとんどその全文を引用したい思いに駆られるが、ここではそのなかからいくつかを引用しよう。

たとえば、静謐を愛する繊細な心情。


針一本落ちても聞えそうな――という静けさを、都会のなかで味わうのは、何年ぶりのことだろうか。

ヴェネツィア暮しをはじめた日々、その静けさは、かぎりなく甘美に思われた。

(中略)

車のないまちは、これほどにもすばらしい場所だったのだろうか。


その繊細さを裏切るような、辛辣でいくらかはすっぱな人間観察。


ゴンドラの乗客は、舟の上からヴェネツィアのまちを見るだけでなく、自分たちも見られている。

ことに、男女二人だけの客は、リアルト橋やアッカデーミアの橋の上にたたずむ人々の、注目の的となる。あの二人は、どういう間柄だろうか。女はどうも、素人じゃなさそうだ。着ている毛皮も、あまり上等じゃないな――

橋の上からの視線を十分意識して、舞台の上の女優のようにいきいきとして来る女の表情。まんざらでもなさそうな男の顔。凍《い》てつく風にさらされる冬場でさえ、毛皮のコートを着込み、厚い毛布にくるまって敢えてゴンドラに乗り込む男女がいるのは、ヴェネツィアという本舞台の上で二人の関係を顕示したい、という欲望からかもしれない。

度肝を抜かれるような比喩の卓抜さと、不敵な反骨精神。

数あるティントレットの絵のなかでも、特に私を憂鬱な思いにさせるのは、サン・ロッコに入ればまず目を惹く『受胎告知』である。これではまるで、天上のペンタゴンが計画した奇襲作戦ではないか。過ぎしヴェトナム戦争の北爆さえ思わせる。聖霊の鳩がレーダーとなってマリアの位置を教え、大天使ガブリエルと無数の小天使が編隊を組んで、田舎家にただひとりいる処女の頭上に襲いかかる。暗い画面からは、ほとんど爆音に近いはばたきがひびいてきそうだ。

そして社会学者顔負けの、飽くなき好奇心と、皮肉な社会批評眼。

流れて行く。もちろん、流れて行く。このまま、すぐ、窓の外の運河に合流するのだろうか？

水の上のまちでは、旅行者として訪れた場合でも、日に何度か、水洗のレヴァーを押すときには、自分がつくったささやかな流れの行く末について、思いをはせずにはいられない。

（中略）水の行く末についての不粋な質問をはえぬきのヴェネツィア人にしてみたときには、その答は意外だった。

「おや、考えてもみなかった。ここの下水は、どうなっているんだろう」

そのとき、ヴェネツィアにとっては不名誉な〈たれ流し〉の疑いが一層濃くなったのは、事実である。このまちに住んでいて、下水が気にならないことなどあるものか。外国人の手前、しらばくれているに違いない――

歴史、文芸、芸術、音楽、映画などに対する深い造詣と、それを生きた経験にする繊細で豊かな感受性。それに加えて辛辣さと皮肉、そして不逞な精神。それらをあますところなく伝えるすぐれた言語感覚。パートナーの加藤周一さんを「知の巨人」と呼んだひとがいたが、これほどの才女を、何と呼べばよいのだろう。

夫の加藤さんの旺盛な文筆活動にくらべ、これだけの文章巧者が妻となってからは多くを書かなくなった。

かつて表現者であった才能ある女性の多くが、とりわけ同じように表現者である伴侶を得ると、脇役に廻ることがしばしばだが、彼女もその例に漏れないのだろうか。そのような女性にとって、伴侶の死は、痛手には違いないが、一面で解放でもあるはずだ。わたしの編集者魂はうずいて、このひとにもういちど書物を書いてもらいたい、とせがんだ。わたし自身の読む悦楽のために。

一九八七年刊の『ヴェネツィア暮し』から四十年近く。九四年には平凡社ライブラリーから再刊されたが、絶版になって手に入らない。この女性は老境に入って、何を感じ、何を経験したのだろうか。伴侶と共にした経験、伴侶を失ってからの経験を、どのように味わったのだろうか。書いてもらいたいことはいくらでもあった。このひとを放っておいた世の編集者の目は節穴だと思う。

平凡社ライブラリー版に、須賀敦子さんが解説を書いている。

「(前略)私はこの書き手の尋常でない知識のひろさと深さ、そして正確さにまず感心した。対象を忍耐ぶかくじっくり見定める著者の、まれな教養と素質が、爽やかな理性に支えられてどの章にも光を放っている。」

そして「自分がこれまで、このまちについて考え、書いたことどもがすべて色褪せ、まるでいい加減な編み手がぐさぐさに編んでしまった不格好なセーターに見えてしまったほどだ」とまで、謙遜する。

だが、くらべるに及ばない。

このひとの『ヴェネツィア暮し』が誰にとっても旅行案内書として役に立たないように、読み手としてのわたしには、はっきりわかるからだ、ヴェネツィアを何度訪れても、矢島さんの「ヴェネツィア」には、けっして出会えない、と。だから旅心をそそられるよりも、本書をそっと閉じて、テキストを反芻する。

ここにあるのは、テキストのなかのヴェネツィア、矢島翠という稀有の書き手を得て、遂行的な言語行為のうちに生み落とされた、どこにもないヴェネツィアだからだ。

同じ感想を、別のテキストについて持ったことがある。石牟礼道子さんの『苦海浄土』を読んで、あの本が公害汚染以前の水俣の土着的な暮らしの復元であり、記録であると思いこんだひとは多い。水俣は、むかし、こうだったのだと。だが、いくら時代をさかのぼっても、あの水俣にはきっと出会えないだろう。あのテキストのなかで使われた方言は、水俣弁というものですらない。その謎は石牟礼さんの生涯にわたるプロデューサーともいうべき渡辺京二さんの証言から解けた。かれは、あれは水俣弁というものではない、道子弁としか言いようのないものだ、と証言したのだ。

『苦海浄土』に描かれた水俣が、どこにもない水俣、道子弁によって遂行的に生み落とされたテキストのなかにしかない水俣だということを知っても、あの本の値打ちは少しもそこなわれない。それどころか、あの過酷な体験が、これほどのテキスト上の達成を生んだことを、まれな幸運としてことほぎたいくらいだ。

同じように、ヴェネツィアに行っても、リアルト橋にたたずんでも、矢島翠の「ヴェネツィア」には出会えない。足跡をたどって周辺の島々へ、ムラーノ、ブラーノ、サン・ミケーレと足を延ばしても、けっしてあのヴェネツィアにはたどりつけない。それどころか、実際に自分が訪れたヴェネツィアとの落差に、愕然とするばかりだ。いっそ安楽椅子にすわって、書物をひもとくほうがましだ。それはテキストのなかにしか、存在しないからだ。そしてこのテキストのヴェネツィアが、たぐいまれな日本語で書かれていることを、わたしはひそかに喜ぶ。この日本語の達成をこころゆくまで舌でころがすように味わえるのは、日本語を母語にする者のほかにいないからだ。あるいは日本語を母語に近く習得した者たちにしか。だからこのヴェネツィアは、矢島さんが日本語話者のために贈ってくれたヴェネツィアなのだ。

本書の最終章で、彼女はこう書く。

「いつか、ヴェネツィアに一緒に行こうね」と、私は、ことばがわかるようになりはじめた小さな日本の子供に話しかける。お前が大きくなったとき、まだ日本から、二人で、自由に旅行ができるものなら、ヴェネツィアに行こう。（中略）
そのときまちがまだ破壊されず、沈みもせず、まぼろしのようなはなやかさで水の上にあるものなら――（中略）――そのとき私はまだ、人間を信じることができる。

矢島さんは孫むすめとの約束を果たしてヴェネツィアを再訪した。そして「偏屈なほど変らないヴェネツィアのすがた」に安堵する。だがそれだっていつまで続くだろうか。矢島さんのエッセイをもっと読みたいというわたしの願望は果たされないままになった。わたしの目の前にあるテキストのヴェネツィアは、これ以上一行も増えない。矢島さんが本書の最後に遺したこの祈りのようなことばには、なにがしか不吉な予言者のような声音が混ざっている。九・一一のあとで、そして三・一一のあとで、さらにコロナ禍を経験して、「まだ日本から、（中略）自由に旅行ができるものなら」という条件が、からくも保たれた奇跡のように思えるからだ。ヴェネツィアは世界遺産になったが、まちは温暖化で水没するかもしれない。あのまちが「破壊されず、沈みも」しないでありつづけるかどうかは、誰にもわからない。だが、ヴェネツィアについて、このようなテキストが書かれ、そして読まれているというそのことじたいに、わたしは思うのだ、「まだ、人間を信じることができる」と。

旅は人の記憶

「上野様は海外旅行の経験も多く、各地の有名ホテルなどについてもよくご存じだと思います、つきましては……」という原稿依頼が、旅の雑誌から来たことがある。おすすめのホテルを推薦してほしい、という依頼である。

受けとって、困惑した。答えようがないからだ。たしかに「海外旅行の経験は多い」が、ホテルらしいホテルに泊まったことがない。国際会議で出かけるときは、大学の宿舎か学生寮、さもなければ友人の家に居候だ。それどころか、数日間の滞在になると、友人を「現地調達」して、殺風景な宿舎を早々に引き揚げ、他人の家にご厄介になりに行くのがつねである。直接相手と友人でなくても、友人の友人という関係はいくらでもあるもので、またたくうちに現地でネットワークが拡がる。

ぴんと糊のきいたシーツや、大理石のバスルームを備えたホテルもいいが、それよりも人の暮らしのにおいのする空間のほうがずっとよい。外国なら他人の暮らしの流儀にも異文化があって、お茶ひとつ飲むにもいちいち発見がある。留守のあいだ使っていていいよ、と言われて住みついた他人の家のなかで、お湯をわかすポットやお茶の葉を探すだけで、宝探しのようにわくわくする。

旅は人、だと思う。人との出会いが、その土地を自分にとってとくべつなものにする。地球儀をまわしながら、地球のうえで自分にとってとくべつな土地が、そこだけぼぉっと明るむのを感じる。そこには必ず人の記憶が伴っている。

風景や名所の記憶ではない。

だから、せっかくの旅に出るのに、パックツアーで出かける人の気が知れない。十数人だかの旅仲間とお友だちになるのもいいが、そこには思いがけない出会いがない。これまでに一度だけ、パックツアーに参加したことがある。アメリカの旅行社主催の南米の秘境ツアーで、ふつうの旅行者には行けないコースが売り物だった。参加者の大半は引退した初老のアメリカ人のカップル。旅行のあとには、参加者のあいだでリーダーシップをとった年配のおじさんから、りっぱな写真集と、再会を約す招待状が送られてきたが、それっきりになった。イグアスの滝だの、アンデスの氷河だの、ふつうではとうてい目にすることのできない自然の驚異を目にしたはずなのに、この旅の記憶は妙に希薄だ。バスに揺られつづけた長旅や、食事のたびごとにどの席にすわるか気を使ったことぐらいしか、覚えていない。けっこうな代金を払いこんだのに、コストパフォーマンスの悪い旅だった、と思う。

旅の醍醐味を味わうなら、ひとり旅がいちばん。自分の心身が外界にさらされる度合いがもっとも大きいし、他人が声をかけてくれる機会も多い。ふたり旅だとそうはいかない。レストランやカフェで相席し、食事に招いてもらえ、場合によっては家にも招《しょう》じいれてくれる。わたしはそういうとき、女主人のあとについて、するりと台所へ入りこみ、キッチントークを始める。台所は女の領分だ。そしてある家族に受け入れてもらうには、家長よりも女主人が鍵を握っていることをよく知っているからだ。こういうときほど、女でよかったと思うことはない。

そうやってどれだけ、他人の家をわたり歩いてきたことか。世界各地の都市は、その土地で住みついたり居候した友人の家の、室内や台所の風景とともによみがえる。アメリカのブルーミントンでは知りあったばかりの女性が、居間のソファを提供してくれた。テニスで有名なイギリスのウィンブルドンでは、家族が旅行中に滞在させてもらった友人の家の、中庭に面したキッチンの明るさが目に浮かぶ。ストックホルム郊外の友人の海の家では、ろうそくの明かりで食事をした。ニューヨークのダウンタウンでは、夜遅く着いたわたしのために、友人がベッドを明け渡してくれた。シーツの交換もしていない他人の体臭のするベッドに、長旅で疲れた身体をもぐりこませて、相手が最上級のもてなしをしてくれたことに感謝したものだ。わたしに部屋を明け渡した本人はそのあいだ、べつの友人のところへ居候に行っていたという。

それにしても、数日前に会っただけの他人に、家の鍵を渡して自由に使わせてくれる、という大胆さにも感心する。わたしもこの流儀を学んで、ニューヨーク時代にわたしを訪ねて日本からやってきた友人に、家の鍵を渡して「好きにしていいよ」とやったら、数日後に不平を言われた。「せっかくあなたに会おうと日本からやって来たのに、ちっともかまってくれない」と。それでも毎日べつべつのことをしながら、晩ご飯はいっしょにしていたというのに。

「ニューヨークで何がしたい？」と聞くと、彼女は「ブロードウェイのミュージカルが見たい」という。わたしはちっともそんなものに興味がないので、チケットを手配し、場所を教えて、帰り方を指示した。お互いにしたいことが違う場合には、むりにいっしょにしなくてもよいと考えるわたしは、最大限のサービスをしたのだが、日本流の「おもてなし」とは違ったようだ。

ひとり旅がいいことのもうひとつは、相手が自分のペースに巻きこんでくれること。パリで居候した友人のカップルは、別居している親の家のディナーにわたしを誘ってくれた。広々としたアパルトマンに住むかれらの父は、英語の会話のあいだに“This is life”と合いの手を入れ、それがフランス語の“C'est la vie”の直訳であることに気がつくのに、しばらく時間がかかった。日本語で言えば「人生なんてそんなものさ」ということのせりふは、英語で言うとなんて奇妙に響くんだろうと思った記憶は、かれの名前も忘れたのに、残っている。

シカゴのカップルは、ニューヨークへのドライブ旅行にわたしを誘ってくれた。ユダヤ系アメリカ人の彼女が見つけた恋人は、イスラエル人男性。彼女が参ったに違いない、まつげの長いアラブ系の美貌の横顔を眺めながらの三人の旅は、忘れがたい異文化交流となった。

ザグレブのカップルも、かねて予定していた休暇旅行にわたしを誘ってくれた。妻の父が残してくれたという山荘で一夜を過ごし、山越えでたどりついたアドリア海の水は、真夏だというのにふるえあがるほど冷たかった。この誘いがなければ、わたしは一生アドリア海で泳ぐことはなかっただろう。

ウェールズのカップルは、スコットランドへのドライブ旅行に誘ってくれた。どこに泊まるかあてのないドライブは、ピーク・シーズンだったこともあってマンチェスターを過ぎたあたりから、行けども行けどもB＆BのサインはNo vacancy（満室）ばかり。次の町はどうだろう、次の集落は？と走りつづけながら、「いっそのこと、明け方まで走ったら？」と提案したわたしに、「狭いイギリスでそんなことをしたら、朝までにはロンドンへ戻ってしまうよ」と答えが返ってきて、大笑いしたこともある。

メキシコでは日系移民のあいだでフィールドワークをしている文化人類学者が、旅のガイドをしてくれた。移民が最初に上陸した太平洋に面したタパチューラという小さな町では、「オレの家の前を黙って通りすぎるなよ」とつぎつぎとかれに声がかかる。見知らぬ人の家のドアが開けられ、そのなかに招きいれられる。土地のなじみを旅の同伴者に持っているのといないのとでは大違いだということを肌で感じた。

自分が立てたわけではないプランにそって、乗りかかった他人の船に乗る……どこに連れて行かれるかよくわからないけれど、自分の身を相手に委ねる。見も知らない景色がつぎつぎに目の前にあらわれ、友人、家族、仕事仲間と、その人の人間関係のなかにつぎつぎに巻きこまれる。土地を、旅人の目からではなく、その土地になじみのある者の目で案内してもらうと、見知らぬ人のドアがつぎつぎに開く。奥座敷へと通され、台所へ入りこみ、ベッドへもぐりこむ。

自分の時間、空間、経験を、惜しみなく分かちあってくれる友人たち、友人の友人たち、そして知りあったばかりの他人たち。

こうして書き連ねてみると、自分がどれだけ豊かな時間を味わってきたかがよくわかる。こういう旅がいちばんいい。そしていつ何が起きてもかまわないように、自分の時間と身体を空けて、待機していたい、と思う。惜しむらくは、そのための余裕がどんどんなくなっていくことだ。

「ねえ、来週から数日、旅に行くのだけれど、いっしょに行かない？」

そう他人から言われたいし、他人にも言ってあげたい。そのときには、ためらわず「行く、行く」と答えたい。

いちばん好きなのは、泊まるところを決めないで出かけるドライブ旅行。クルマだとどこでも好きなところに停められるし、時間にも制約されずにすむ。だがこれも、予約しないと宿がとれなくなった。

スペインには古刹や旧跡をホテルに改装したパラドールという国営ホテル群がある。日本で言うなら国宝級の建物に泊まれるわけだ。中世の城塞や教会を改装したものが多いので、人里離れた場所にあり、ふつうの交通機関では足を運びにくい。それなら、とレンタカーでパラドールを泊まり歩くのが、長いあいだのわたしの夢だった。が、部屋数の少ないパラドールは、シーズン中は予約を入れるのがやっと。びっしり組んだ予定表のとおりに、スペインを北から南まで走り回ると、毎日が長時間ドライブとなった。結局、暑くてほこりっぽいスペインの道路風景が、瞼にいちばんやきついている。スケジュールに拘束されて、土地の人たちとも交わりが持てず、この旅の記憶もなぜだか希薄である。なんてこった、これでは本末転倒だ。

いつか余裕ができたら……そう思いながら歳を重ねていくのだろうか。時間にも予定にも制約されない旅がしたい。

Ⅲ

リタルダンド

被傷体験

いまも胸を刺す記憶がある。

「おひとりさま」シリーズの取材のために、高齢おひとりさまをお訪ねしてインタビューをしていたときのことだ。わたしはおひとりさまになってからの暮らしのあれこれについて聞きたかったのだけれど、話は先立たれた夫の看病と介護、そこに至るまでの夫婦の愛情生活に及んだ。そうだった、ひとは最初からひとりなのではない、ひとり去り、ふたり去り、喪失の経験を経てひとりになるのだった、と思い返して、じっと耳を傾けた。

友人の建築家で、高齢者住宅設計の専門家は、自分が建てた家の住み心地を高齢者から聞きだすために、五時間も話につきあうことがある、と言っていた。自分が知りたいことは、いまのお住まいに何か不具合はありますか、ということだけなのだけれど、そこに至るまでにそれまで送ってきた人生の経歴、家族関係のもろもろ、暮らしの不如意やぐち……年寄りには聞いてもらいたいことが、山のようにあるのだ。そこに「お話をお聞きしたいのですが……」とやってきた若いもんは、かっこうのターゲットになる。

とはいえ、そうやって何十時間も年寄りの話を聞いてきた経験は、その後の設計に生かされていると聞いた。

その女性は夫婦で移住した山荘で、夫をみとった。夫は末期のガンだった。都会の病院の近くに住むことも選択肢のひとつだったが、愛してやまない自然に囲まれた山荘で、妻とふたりで過ごすことを、夫は選んだ。それでも数週間にいちどは都会の病院に通わなければならず、からだの弱った夫を小柄な自分が支えて長距離を移動するのがどんなにたいへんだったかを、彼女はるる語った。子どもたちはいたが、かれらの手は借りなかった。窓から緑が見える定位置に夫の病床を移し、昼となく夜となく、看病に明け暮れた。夫は大好きなものたちに囲まれて、あの世へ旅立った。やるだけのことはやった、思い残すことはない、と彼女は語った。

「夫の好きだったものは、そのままにしてありますのよ」

その思い出の家で、夫の死後も自分は過ごすのだ、とひとり暮らしを選んだ女性である。

冬場は人気《ひとけ》がすっかりなくなる別荘地。定住者は数えるほどしかいない。街灯のない戸外は、夜は漆黒の闇になる。

「おひとりで怖くないですか?」

「怖いのは人間ね。灯りがともっているとひとが来るでしょ。前に山で迷ったひとが灯りを頼りに夜中にやってきたことがあって。それ以来、灯りが外に漏れないように、灯火管制をしいてる。ほら、戦中派だから、そういうのは得意なのよ」

と、そのひとは笑った。

戦争の話から引きだされたのだったか、彼女は自分の戦争体験を話し始めた。少女のころ、住んでいたのは広島市の郊外。八月六日のその日、広島市方面に大きなキノコ雲が上がるのを目撃した。それからほどなくして、たくさんの被災者たちが、ぞろぞろ列をなして、家の前を通るようになった。衣服が焼けただれて半裸になったひと、やけどで顔の見分けがつかなくなったひと、どのひとも両手を前に垂れさげた幽霊のようなかっこうをしていた。

「幽霊って、ほんとうにあんなかっこうをするのねえ」と彼女は感に堪えない言い方をした。その生きながら幽霊のようになった人びとは、彼女の家の前で、彼女と母親に向かって、「水、水」と求めた。

「そのときの地獄のような光景を、忘れられません」と語る彼女の表現は、微に入り細にわたっていて、その光景がそのひとの記憶にどれほどくっきりと刻印されているかがわかるようなリアリティがあった。わたしは情景が映像として浮かびやすい人間なので、その光景を目の当たりにしているようで気分が悪くなった。そして思わず、強い口調で言ってしまった。

「おねがいですから、その話、やめてください」

それを聞いた相手ははっとして、わたしの顔をじっと見た。

「あなたもこの話を拒否するのね」ということばを、それから彼女が発したかどうか。それさえ記憶にないが、わたしは確実に聞いた気がした。おそらくこれまでも何度も話そうとしては、拒絶に遭ってきたのだろう。それまで自分の来し方行く末について話をしてきたのだから、この相手には話してもよいだろう、という安心感がそのひとにはあったのだろうに、それをわたしは遮り、拒否したのだ。


広島には高校の修学旅行で行った。原爆資料館（広島平和記念資料館）を見たあと、食べ物がのどを通らなくなった。

前衛俳人として知られる西東三鬼《さいとうさんき》にこんな作品がある。

広島や卵食ふ時口ひらく

よくわかる。そのときまで口が開かなかったのだ。開かなかった口を、生きるために開く。そこに卵を押しこむ。あの惨事のあとも、なおも意地汚く生きていかなければならない己の生の無惨さまでも伝えて、短詩型のすごみを感じる。

あまりにトラウマ的な経験は、たとえそれが他者の経験でも、見聞きした者に二次的な被傷体験をもたらす。だから子どもを広島やアウシュヴィッツに連れて行ってはいけない、と言いたいのではない。たとえそれが二次的な被傷をもたらすものであれ、知らなければならないことがある。それればかりか、そのような被傷をともなう感情記憶こそが、くっきり刻印されることになる。

わたしに広島の話をしかけた「おひとりさま」の女性は、被爆当事者ではなかったが、その姿を自分の目で見た二次的な体験者である。彼女はそれを、体験したことのない世代であるわたしに伝えようとした。その彼女の試みは、わたしの拒絶によって挫折したのだ。そのときの彼女のがっかりしたような表情を思いだすと、いつも胸を噛む思いがする。

戦争も原爆も、直接体験した世代の人びとが死に絶えようとしている。わたしたちはその世代の証言を直接聞くことのできる最後の世代だろう。それからあとは、聞いたことをさらに体験のない次の世代が口伝えに受け継ぐ「ポスト体験の時代」になる。

ずばり、このテーマを中心にした書物がある。蘭信三・小倉康嗣・今野日出晴編『なぜ戦争体験を継承するのか　ポスト体験時代の歴史実践』（みずき書林、二〇二一）である。ひめゆり部隊の最後の語り部は引退した。広島や長崎の語り部たちもどんどんこの世から退場している。遺品や写真やレプリカはあっても、すべてメディアである。生の肉声さえ、何度もくりかえされる語りによって風化し、陳腐化する。その危険性は以前から指摘されていた。

本書に広島の被爆者の体験継承プロジェクトが出てくる。残り少なくなった被爆の生存者が美術部に属する高校生に体験を語り、それを聞いた高校生が絵に描く……二〇〇七年から広島市立基町高等学校創造表現コースで始まった「『次世代と描く原爆の絵』プロジェクト」に関わった十年の記録を、社会学者の小倉康嗣さんが書いている。「絵を描く高校生にとって、この作業は精神的にそうとうしんどいことである。体験したことも見たこともないことを想像し、被爆者の気持ちになって考え（中略）描いていかなければならない。しかもそこで描くのは、想像を絶する悲惨な体験である。何度も筆が止まり、描きなおし、夜うなされながら、泣きながら描いたという高校生もいる」という。

指導する橋本一貫先生は「やり始めた以上は、ここでやめるとあなただけの問題ではなくて、証言者の方がショックを受けられるよ。途中でやめるのは絶対許さないよ」と念を押す。それでも志願した高校生たちのなかに「途中で脱落する生徒はいない」。

生徒たちは二次被傷を受ける。だが当初「怖い」「グロテスク」だった感情は、その過程で「苦しい」「つらい」「悲しみ」「憤り」へと変わっていく。ある生徒は黒焦げになった被爆者を描くのに、まずそのカラダを肌色に塗った。そうしてから黒く塗りこめていった。そのひとがそれまで生きていた、という事実を踏まえてから、被爆という体験をそこに上書きしていったのだ。そこに描かれたのは、モノではなく、直前まで生きていた人間だった。

このプロジェクトを経験した生徒たちは、こんな感想を述べる。

「事実に合わせようという気持ちよりかは、自分の感覚を大切に描いていったら、おのずと事実にも近づいていくと思う」「(証言者の)手となって伝えたい」「自分が主じゃなくなった」「(伝えるために)絵がうまくなりたい」……他人の経験を深くふかく取りこむことで、かれらの自我は「深い主体性」を獲得した、と小倉さんはいう。

描かれた側はどうか？「もしこの場面を正確に写した写真があったとしたら、絵とどちらがいいですか」という小倉さんの問いに、全員がためらいなく「絵がいい」と答えた。事実以上に感情記憶を再現したものが、これらの作品だと証言者たちが認めているのだ。

小倉さん自身が、五歳のときに原爆資料館に連れられて行った際に味わったトラウマから、この研究を通して解放された。「(五歳の)私はその夜から灯りを消して眠れなくなった」。四十年後、この研究を経て再び資料館を訪れた小倉さんは、「その夜、おそるおそる灯りを消して寝床に就いた。気がつくと、うなされることもなく朝まで眠っていた」。

体験の継承は、他者との関わりのなかで生成する。被傷性とは「共感」の別名である。人間的な関わりは被傷性そのものをも癒すのだ。わたしがそのひとに拒んだのは、そういう共感だった。

娘が戦争に志願したら?

戦争が始まる。戦争が始まった。目の前で戦争が始まってしまった。まさか、の二十一世紀に。冷戦は終わったはずなのに、こんなに野蛮な熱い戦争が。人間はちっとも進歩しないのか。

見ているだけで手も足も出せない。祈るだけで何もできない。その事実にうちのめされる。

二〇二二年二月二四日。ロシアのウクライナへの侵攻が始まった。こんな時期には誰もが戦争について書く。わたしも書かずにいられない。TV画面から目が離せない。三・一一のときもそうだった。三・一一、九・一一のように二・二四も歴史に残るだろう。戦争は映像のなかにある。そのなかで都市が破壊され、人びとが死んでいく。自分の平穏な日常には変化がない。その落差に眼がくらむ。街には雪が残っていた。三・一一も雪の舞う寒い季節だった。電気もガスも水道も、あらゆるインフラが破壊された都市で、ウクライナの人びとは恐怖と不安でどんなに身の縮む思いをしているだろう。

避難民は一千万人。ウクライナ国民の四人に一人だという。大半は母親と子どもだ。

成人男子は、ゼレンスキー大統領によって出国を禁じられた。国民総動員令だ。となれば、国内に残った男子はすべて、敵国から戦闘員もしくはその予備役と見なされ、攻撃の対象になる。

これ以上犠牲を増やさないためには、投降すればよい、という声がある。事実、ロシア軍もマリウポリの兵士の投降を勧めているという。だがイルピンでは白旗を掲げて建物から出た民間人が、射殺された。ロシアの支援物資に群がったウクライナ人たちは、行き先も告げられずバスに乗せられて一〇〇〇キロも離れた地方へ移送された。そこで待っているのは苛酷な収容所生活だ。

占領地が安全だとは言えない。占領されたらどんな無法行為も起きる。略奪、強姦、殺人……ロシア軍が撤退したブチャでは、民間人を中心に四百十人の虐殺死体が見つかった。後ろ手に縛られたままの丸腰の市民や、拷問のあと、切断された死体もあったという。藤目ゆきさんの『占領軍被害の研究』(六花出版、二〇二一)によると、占領期の日本でも同じことが起きた。米軍車両に轢《ひ》き殺された民間人は泣き寝入りし、娘たちは米兵に強姦された。紳士的な軍隊などない。

日本軍が侵攻した中国でも同じことがあった。戦場から撤退するドイツ軍も同じことをした。世界は突然、非戦闘員の虐殺は戦争犯罪だといきりたつ。だが「戦争犯罪」と聞いていつもふしぎに思うのは、犯罪になる戦争と犯罪にならない戦争があるのか、という疑問だ。戦争は犯罪だ、と言い切ってしまうことがなぜできないのだろう？　ロシアの侵攻はあきらかな違法行為だ。プーチンは将来（があるとすれば）戦争犯罪者として裁かれるだろう。この戦争はいつかは終わる、だろう……だが。それまでにどれだけの犠牲をしいられるのだろう？

十代の女子高校生と話していたときのことだ。ウクライナから避難したのは母親と子どもばかり。男性は出国を禁止されただけでなく、自ら残ったり、戦闘に参加するために避難先からあえて帰還したりした。

「やっぱり男は戦い、女は子どもを守るものなんでしょうか？」と、彼女は問いかけた。もしそうなら、女には男と平等の権利を要求する資格がないのではなかろうか、という不安をにじませて。

事実、報道で見る限り、避難民の大半は女と子どもだ。彼女たちは故郷に置いてきた夫や老いた親たちを心配している。わずかに安否を確認するよすがだったSNSも通信が絶える。何が起きているのか、伝わらない。

これからいのちをつなぐ子どもたちを守りたい……それは自然な感情だろう。ひとりでは放りだせない子どもを守るために、母親がついていく、のも自然だろう。なかには子どもだけでも助かって、と子どもをひとりで送りだす親もいる。沈みゆく船からは「ウィメン・アンド・チルドレン、ファースト」の順番で逃げだすことになっている。

だが子を守るのは女の本能ではなく、戦うのも男のDNAではない。現に逢坂冬馬さんのベストセラー、『同志少女よ、敵を撃て』（早川書房、二〇二一）が描くように、女だって戦闘員になる者はいる……と、言いかけて、やめた。

その無垢なまなざしを投げかけてくる十代の少女が、もしたったいまウクライナにいたら、どんな選択をするだろうか、と考えたからだ。逃げるか、とどまるか。抵抗するか、投降するか。武器がそこにあれば、戦闘に参加するか、しないか。どの選択肢もありうる。そしてどれを選んだとしても、わたしには言うべきことばがない、ことに気がついた。

全世界がウクライナ軍の士気と抵抗に賛辞を送っている。ウクライナの人びとはすべての民主主義世界のために代理戦争を最前線で戦っているようなものだ。だが、だからといって物資は送っても、指一本それに加担するわけではない。自国領土で戦われる祖国防衛戦争に、侵略国が勝利したためしがないことは、あれほど強大な軍事力を持ったアメリカがベトナム戦争で敗北したことでもあきらかだが、そこに至るまでに、ベトナム市民たちがどれほどの犠牲を払ったことだろうか。ベトコンにも女性兵士がいた。占領地の対独ゲリラたちのなかにも女性はいた。ソ連軍には女性部隊があった。もしわたしがウクライナに住んでいて、孫娘が軍隊に志願したい、と言ったら、わたしは反対できるだろうか？

戦争はジェンダー差をきわだたせる。戦う男と、守られる女。勇敢に抵抗する男と、無力に逃げまどう女。女には「戦争で死ぬという名誉」が与えられることはない。「靖国で会おう」は男たちの合い言葉で、女のものではなかった。

だがあの総力戦のさなかにも、自分たちも戦いたいと志願した若い女性たちがいた。日中戦争開始直後の一九三七年に大日本聯合婦人会と大日本聯合女子青年団は「女子義勇隊」の結成を申し出たが、当局はジェンダー秩序を重んじて、これを許可しなかった。戦争の最末期、一九四五年六月には「義勇兵役法」が公布され、「十五~六十歳の男子、十七~四十歳の女子」のすべてを国民義勇戦闘隊に編成するとしたが、本土で実施される前に日本は敗戦の日を迎えた。これらの人びとがすべて兵員なら、国際法のもとでは、殺されても民間人の殺害には当たらないことになる。

ハイテク時代の戦争はジェンダー差を縮小させる。コンピューター画面のなかの攻撃目標には、エアコンのきいた室内からでも爆撃の指示が出せる。ベトナム戦争のときのように、重火器を持って泥のなかをはいずりまわらなくてもよい。現にアメリカ軍の女性兵士比率はどんどん増えているし、湾岸戦争以後は、彼女たちは後方支援に飽き足らず、自ら戦闘参加を求めた。日本の自衛隊にも女性自衛官が増えている。

女が平和主義者とは限らないし、男だって争いを好まない者もいる。あるアンケート調査で「もし、日本に戦争が起きたら、あなたはどうしますか?」という問いに対して、日本の若者の多くが「逃げる」という答えを選んだことに心底ほっとしたものだが、周囲を海に囲まれてウクライナのように陸続きの隣国を持たないこの国で、いったいどこに逃げたらよいのだろう？

軍隊の男女平等……男も女も丸腰の非武装がいいのか、それとも自衛のための戦力は必須なのか。軍隊の男女平等を求めるとはどんなことなのか。女性兵士を増やせ、戦闘にも参加させよと要求することなのか。それとも軍隊そのものを廃止せよと要求することなのか。徴兵制の廃止を韓国に要求することは現実的なのか、それとも女も徴兵せよと主張すべきなのか。答えは出ない。

戦争のない世界……を求めても、現に無法な暴力が行使されている現実を目の当たりにして、唇を噛むしかない自分がいる。戦争と暴力のない世界をのぞむ希望は、なぜ、こんなにも踏みにじられるのだろうか。

学校に地雷を置いてきた……

二〇一九年四月、東京大学入学式で来賓祝辞をスピーチしてから、十代の若者たちのあいだで、一挙に知名度があがった。

わたしが理事長を務めている認定NPO法人ウィメンズアクションネットワーク（WAN）のウェブサイトでは「ジュニアプロジェクト」と名付けて、十代の女子や男子とわたしがオンラインでトークする企画を実施した。学校主催の講演会の依頼もある。人数は二十名程度から数百人まで。オンラインで自分の部屋から参加する子どもたちもいるし、クラスルームごとに大画面で参加する子たちもいる。プロジェクターの画面に実物より大きな自分の顔がぬっと見えるのはあまりうれしくないが、画面に出てくる子どもたちとは一対一のやりとりができて、かえって親密なトークができるような気がする。高校の講演会といえば、体育館の床に千人くらいの生徒をすわらせて、壇の上の豆粒みたいな大きさの講師の顔を見せるのがつねだが、それにくらべれば、ずっとましだ。それに「質問はありますか」と訊かれて、千人の生徒たちのなかで手を挙げるのは勇気がいるが、オンラインだとずっとハードルが下がる。

高校にはいま、総合学習だの探究科だのといった新しい試みがつぎつぎに入ってきている。中等教育の課程からこういった取り組みをするのは、やらないよりはずっといい。大学に入れば、ゼミで研究主題を選び、報告をするという課題を与えられるからだ。新入生のなかには、パワポのプレゼンを華麗にやってのける学生もいる。リモート授業が増え、ICTスキルは必須だ。

だが探究学習の名のもとにおこなわれているのは、ままあ、「地球環境危機」などというお題を与えられ、ネットでありものの情報を器用にまとめて、パワポに組みこむ、というもの。とくに偏差値の高い進学校ほど、この傾向が強いような気がする。これじゃまるで、どこかのコンサル企業の新入社員の出来の悪いプレゼンを聞いているみたいだ、と索漠とする。研究では「問いを立てる」という最初の一歩が決定的に重要だ。よく立てられた問いは、研究の成功を（半ばまで）約束する、と言ってよいくらいである。なのに、先生から降ってくるありもののお題では、自分ごとにならないのも当然だろう。

最近の高校で大ブームなのはＳＤＧｓ。十七項目のどれも問答無用の正義ばかりなので、反対しようがない。これだって生徒が選んだわけではなく、先生が与えてここから課題を選びなさい、と来る。

ある高校生とのやりとりで「なぜＳＤＧｓを選んだの？」と訊いたら、「全世界が一致して取り組む必要のある課題だからです」という優等生の回答が返ってきた。

「ふーん、それができたのは、このなかから全世界が一致できない課題をはずしたからじゃないんだろうか？」

たとえば、と振ってみた。

「核兵器禁止って大事だよね」

「はい」

「入ってないよね」

「はい」

「もしこれを入れたら全世界は一致できただろうか？」

アメリカは賛成しないよね、日本だってアメリカの顔色を見て、賛成しないよね、ロシアも中国も……つまりとっても大事なのに全世界が一致しない課題は巧妙にはずしてあるんじゃないだろうか、と言ったら、正義感で頬を赤くして発言していた生徒が、じっと黙りこんだ。「ＳＤＧｓの正義」のたががはずれた瞬間だった。

ＳＤＧｓのなかでもＬＧＢＴＱのテーマはとりわけ流行りものである。ＬＧＢＴＱは潜在的には人口の一〇％ぐらいいるといわれている。あなたの隣にもいるかもしれない。一度も会ったことがない、というひとは、あなたが気づかないか、相手があなたには伝えないだけだろう。

ある女子生徒がこんな質問をしてきた。

「友だちがカミングアウトをしてきたのだけれど、どうしていいかわからない」って。「そのお友だちはね、誰にでも言ってるわけじゃないでしょ、あなただから言ったんだよね。それはあなたがその人から信頼されている証拠だよね」と言ったら、感きわまって泣きだした。

高校の多くは男子・女子の制服がズボンとスカートと決まっている。スカートは屈強の女装だ。生徒のなかには、スカートを穿くのが苦痛でしかたないという子たちがいる。小学生のときは自由にパンツスタイルで過ごしていたのに、中学高校へ進学するとスカート着用を強制される。最近高校では、女子生徒のズボン着用を認めるところが増えた。

北関東のある公立共学校では、校長先生が替わったとたん、制服の規定を変えて、女子にもズボン着用を、男子にもスカート着用を認めるようにした。後者を選択する生徒はいないが、前者の場合も、セクマイ（セクシュアルマイノリティ）であることをカミングアウトしてしまう結果になることを懸念して、生徒会のリーダーが率先してズボンを穿くとか、冬になると寒いからズボン着用のほうが合理的だとか、いろんな理由をつけてズボン着用にスティグマをなくすようにした。事実、からっ風が吹くその地方では、足もとがすかすかするスカートだと、冬は寒い。

生徒とのやりとりでこんなことがあった。

「制服を選べるようにしたんだね。よかったね。それじゃ、いっそのこと、制服なくしちゃったらどうだろう?」

「反対です」

と彼女はきっぱり言った。

「どうして?」

「制服は伝統だし、秩序があって美しいからです」

へえぇ、と一拍置いてから、ゆっくり言った。

「いまのあなたの発言は、上から目線の先生の言い分と同じだね」

そろったユニフォームを見て統制がとれていて美しいと感じるのは、壇の上からマスゲームを見る統治者の視線。子どもたちはこうやって管理者や支配者の視線を内面化する。制服の「伝統」だって歴史の浅いもの。そもそも新制高校は戦後生まれだし、かつての男子の詰め襟と女子のセーラー服というあの奇妙なファッションはいつ定着したんだろうか。詰め襟金ボタンは、もともと軍人の制服だし、セーラー服ときたら文字どおりセーラー(水兵)さんの服装だ。いまどきあんなセーラーカラー(襟)のファッションは絶滅している。あまりに特殊な記号だから、オジサンたちがむらむら「萌える」んだろう。育ちざかりの子どもたちは着ているものを汚すし、汗もかく。若い男子の首回りはすぐに汚れるから、詰め襟にプラスチックの替え襟なんてごわごわ不快なものをつけてヨゴレを防止してきた。使用感からプラスチックカラーは絶滅したと聞いたが、当然だろう。最近では男女ともにブレザースタイルが増えたが、男の子は決まってネクタイ。社畜になる前から首元を締め上げられている。ネクタイをゆるめて首元を解放したいと思わないんだろうか。十代の子たちは、Tシャツにジーンズで跳ね回り、じゃぶじゃぶ洗濯したらいい。制服のない高校もあるんだし、だからといって何の問題もない。

「……って、制服是か非か、みんなで議論したらいいんじゃない?」

「はい」

とその素直すぎる女子生徒から答えが返ってきた。

なんだか、高校に地雷を置いてきたテロリストのような気分になった。

変わる月経事情

あなたは初潮が来たことを告げたときの、母親の反応を覚えているだろうか？

パンツやスカートを黒ずんだ血で汚《よご》し、自分のカラダに何が起きたかわけがわからないまま、母親に告げる。その前に保健体育の授業で女の子だけが集められて、ひそひそ話をするように、「女子にはね、月経といって……」という情報を得ているから、もしかしたらこれがあれかもしれない、とぼんやり考えるが、にわかには結びつかない。

あなたの母親は何て言っただろうか？　にっこり笑って「おめでとう、お赤飯炊かなきゃね」と言っただろうか、それとも「あんたもとうとう女になったのね」と汚《けが》らわしいものでも見るような目を向けただろうか？　初潮に対する母親の反応如何で、母のミソジニーが娘に刷りこまれる。

わたしの母は「そう、来たのね」と言って、パンツを洗い、月経用品を手早く手作りしてくれた。幸い実家は医院を営んでいたので、脱脂綿はいくらでもあった。それを薄紙に包んでナプキンのように重ねた。そして月経の始末の仕方を教えてくれた。赤飯を炊くことはなかったが、夕飯の席で、父親がそれを知っていることがわかった。なぜ男親に伝えるのだろう、と母を恨んだ。

月経用品は、家族のなかの男のメンバー、父や兄弟たちに知られないように処理するのが女のたしなみ、とされていた時代のことだ。

アンネナプキンはまだ登場していなかった。アンネナプキンが誕生したのは一九六一年。わたしはちょうど十三歳だった。そういえばアンネナプキンのアンネは、ナチから逃れて隠れ家で思春期を過ごしたアンネ・フランクの『アンネの日記』から来ている。アンネが日記を書き始めた年齢も、十三歳だった。不自由な隠れ家生活のなかでおそらく初潮を迎えただろうアンネは、月経の始末をどうやってしのいだのだろう。月経と口にするのも憚られる時代だった。それを婉曲語法で言うために、「今日はアンネの日」と呼ぶことが提唱されたのだった。つくったのは当時二十七歳の女性起業家、坂井泰《よし》子《こ》。「アンネナプキン」という名称でなかったら、売れなかったかもしれない。

最近になって、女性のカラダに関するさまざまな創意工夫を凝らしたフェムテックという分野が登場し、吸水ショーツや月経カップなどの新商品が登場しているが、それを開発しているのも若い女性起業家たちである。アンネナプキン誕生秘話には、坂井を社長にして一億円を投資したミツミ電機の森部一が送りこんだ社員、渡紀彦が、月経ってどんな気分なのか、使用感を味わうために月経用品を身につけて歩いたというエピソードがある。男にわからないなら、わかるひとを起用すればいい。女のカラダに起きることをいちばんよくわかっているのは女性自身だ。とはいえ、月のものがなくなってから久しいわたしは、月経用品のなかから新製品を試す楽しみがなくなった。

月経ってどんな気分？　一定の期間、股間から血を流しつづけるのは、けっしてよい気分とはいえない。漏れもにおいも気になる。この気分を男にも味わってほしい、と、アーティストのスプツニ子！さんは、男に月経を経験させる「生理マシーン、タカシの場合。」を制作した。下半身に器具を装着して、漏れる血を月経帯が受け止める。スプツニ子！さんは、ソ連の人工衛星スプートニク号が世界で初めて打ち上げられたことに感激して、自分の名前につけるほどのサイエンス少女だった。女はね、月経期間中はこんな気分を味わうのよ、と男に体感してもらいたかったのだろう。

と思っていたら、このところ「生理の貧困」キャンペーンが盛り上がり、月経中の女性がどんな気分を味わうか、何が不便か、どんな配慮が必要か、月経用品だってタダじゃない、コロナ禍で追いつめられてそれさえ買えないのがどんなにつらいか、使う枚数を減らすために外出しないようにしている……と、これまで女性が人前で口に出さなかったようなことが、つぎつぎに大手メディアの紙面に登場するようになった。調べてみたら外国には、月経用品に消費税の軽減税率をかけるところや無税にするところもあるらしい。月経用品は生活必需品、公衆トイレにトイレットペーパーを置くなら、いつ始まるかわからない月経にそなえて月経用品もトイレットペーパーなみに必置にせよ、それも無料にせよ、という要求がつぎつぎに出てくるようになった。ううむ、月経期間中はひとにそれとさとられないようにふるまえ、目に触れないように月経用品を始末せよ、月経について口にするのははしたない……と思われていた時代に育った者には、ふか～い感慨がある。

月経についてこれだけオープンに話せるようになったのはよいことだが、たったひとつ不満がある。なぜ月経ということばがあるのに、生理と呼び替えるのだろう？「生理」は人間の生理現象一般を指すことば。月経を「生理」と呼ぶのはあからさまに呼びたくないという忌避感の働いた婉曲語法だ。月経は「月のもの」、月の満ち欠けに女のカラダが反応している命の証だ。人間が動物であるということ、そしてそれは産むカラダであるということを、女も男も自覚するためには、とてもよいことばだと思う。

初潮が来たとき。ンなこと言われたってオレ、女のカラダを持たないし、知らねぇよ、と男性読者は感じるだろう。たしかに男性には月経の気分はけっして味わえないに違いない。だが、初めての精通でパンツを汚したとき。それだってどんな気分か、女にはけっしてわからない。親に告げたのか、親はどんな顔をしたのか、汚れたパンツはどうやって処理したのか……。それからあとだって、射精ってどんな気分なのか、股にあんな異物がついていたら歩きにくくないのか、立ち小便ってどんなふうにするのか、女にはよくわからない。

男と女のカラダは違う。違うカラダを持っている者たちの経験は違う。それを秘して口にしないようにしてきた長い歴史のあとで、こんなにもあっけらかんと、あのね、あのときはこうなるのよ、と女たちがつぎつぎに口にし始めた。

知らないことはわからない、と言えばよい。わからないことは教えてもらえばよい。たとえ自分で経験しなくても、そうなの、たいへんだね、といたわり、いたわられたらよい。女が「いま、月経中なの」「あたし、更年期なの」とオープンに口にして、「だから取り扱い注意。よろしくね」と言えたらよい。

学校の月経教育も女子だけ集めないで、男女共に実施したらよい（とっくにそうなっているところもあると聞いた）。異性がつきあうときには、へえ、こうなんだ、と違うカラダの持ち主に対してじゅうぶんな情報と配慮があればよい。

十代の娘を育てている若い友人の家にお邪魔してトイレを借りたら、トイレの片隅に使用済みの月経用品を捨てるサニタリーボックスが置いてあった。それからよく見えるところに予備のトイレットペーパーに並んで月経用品が積んであった。母も娘も月経現役世代である。彼女には息子もいる。父親と男兄弟の目から月経を隠さずに子どもを育てていることが、一目瞭然だった。時代は変わった。

度はずれたナルシシズム

「社会学者は他人に興味を持つ人、アーティストは自分にしか興味を持たない人」というわたしの発言に、写真家の長島有里枝さんからクレームがついた。

長島有里枝さん、一九九〇年代のはじめにセルフヌードとファミリーヌードのポートレートで写真界に鮮烈なデビューを果たし、「女の子写真家」としてブームをつくったひとりだ。あれから二十年余り、もう若くなくなった彼女は、あのときのあれは、いったい何だったのか、と問い直して、『「僕ら」の「女の子写真」から　わたしたちのガーリーフォトへ』（大福書林、二〇二〇）という本を書いた。

アラフォーになってから大学院で社会学を学び、武蔵大学へ提出した修士論文を単著にしたものだ。冒頭に「異議を申し立てます」とあるとおり、全編、怒りの書である。若かったころ、オジサン支配の写真界で、「女の子写真」ともてはやすそぶりのもとで貶められ、無理解と誤解にさんざん苦しめられた記憶に、二十年後に理論武装してリベンジした。この怒りは、わたしも身に覚えがある。

もちろん冒頭のわたしの発言は乱暴な一般化である。他人に関心を持たずに生きられるひとはいないし、アーティストだって他人に関心を持っている。だがアーティストと社会学者をくらべると、違いは程度の差、相対的にそれくらいの一般化をしても許されるだろう、というのが、長島さんより長く生きているわたしの観察である。

「でないと、あんなにセルフポートレートが撮れるわけがないでしょ」というのが、わたしの経験的なエビデンスである。いや、自分と距離があるからこそ、あるいは自分を客観視できるからこそ、セルフポートレートが撮れるのだという説もあるが、それにしても自分を被写体にしようというまなざし自体が、自分とは何者か、というつよい関心をもとにしている。自分が他人の目にどう映るかだけでなく、自分が自分自身にとって何者であるか。たしかにそれは巨大な謎には違いない。

自分史を何度も書くひとを知っているが、あるいは自分の一族のルーツをたどる作家も多いが、いずれの場合も、自分は何者で、どこから来てどこへ行くのか、という問いに答えようとするものだろう。だが世の中に膨大にあふれている自分史や自伝の類いを見ると、あんたの人生に他人は関心なんか持っちゃいないよ、と毒づきたくなる。自分史はせいぜい家族や親族、わけても子や孫たち、縁のあった者たちにとってのみ意味があり、他人に読ませるものではないと思えてくる。なのに縁のないひとたちにも読んでもらいたいと思うのは、それが自分の生きた証、紙の碑だと思えるからだろうか。

その時、その場で、自分が何をどんなふうに感じたり、経験したりしたか。それを細部にわたって執拗に表現するひとたちがいる。自分の経験が意味のあるもので、他者に伝える価値があると、確信しているからだろう。必要があってシモーヌ・ド・ボーヴォワールの著作を読みあさっているが、自分のどんな経験や感情も細大もらさず記録しておこう、それは記憶に値するから、という熱量の大きさに圧倒される。そして自分の経験や感情が、他者にとっても意味のあるものだという確信に、正直言って辟易する。

この確信が、わたしにはない。たしかに自分とは何者かは巨大な謎だが、そこに踏みこむには含羞と禁忌とがある。そういうわたしにとっては、他人のほうがつねに想像を裏切る底なしの謎である。このひとは何者で、なぜこんなふるまいや考え方をするのか、そのひとの不可解さに触手を伸ばしたくなる。

そんなわたしにとって、対談は放っておくとすぐにインタビューになる。あなたは、なぜ、どうして、どんなふうに——と。そしてすぐにわかることがある。ひとは自分について語ることが好きだということと、同時に、他人にあまり関心を持たない生きものだ、というふたつの事実である。

わたしの新刊が出たときの、ある著名な作家との対談がそうだった。そのひとの作品についてあらかじめ知っていたわたしには、聞きたいことがたくさんあった。結果、わたしの新刊を扱うはずの対談は、もっぱらわたしが聞き手になるインタビューとなったことは、文字起こしをしてみると一目瞭然だった。担当の編集者はバランスの悪さに困惑したが、わたしの言い分はひと言だった。

「だって、相手がわたしに聞き返さなかったからよ」

聞かれれば、答えただろう。わたしだって、他人が自分に示してくれる関心がうれしくないわけではない。自分語りだって、人並みには好きだ。想定外の問いかけで、見たこともない自分自身を発見するスリリングさだって、味わったことがある。だが、それ以上に、わたしの他人への関心が凌駕する。そして相手からはこのひと言が返って来ないことを、しばしば経験した。

「で、あなたはどうなの？」

さんざん自分についてしゃべりまくったあとで、相手がこうつぶやく。

「あなたって、自分のことを言わないのね」

聞き返さなかったのはあなたのほうだろう、ということばはのみこむ。

ひとは自分には関心を持つが他人には関心を持たないものだ、と痛感するのは、こんなときだ。

他人に対する関心とは、もしかしたら、やさしさよりは暴力かもしれない。不可解な他者を理解したいとは、言語で世界を支配し尽くしたい欲望と同じかもしれない。あるいは他者に対する関心が自分に対する関心を凌駕するとき、それは自分という謎に蓋をして迂回路をたどる防衛的な身ぶりかもしれない。
社会学者は、自分という謎より他人という謎へと向かう。社会学者に限らず、研究者や批評家と呼ばれる人びとは、迂回路をたどって他人の口を借りてしゃべるという、制約が多くて不自由な道を選んだ人びとだ。それがいやなら研究者を選ばないほうがよい。

文学者と文学研究者は違う。作家と批評家は違う。その違いを命題化するなら、「前者は自分にしか興味を持たないひと、後者は他人に興味を持つひと」と一般化するぐらいは許されると思うが。

長島さんは、セルフポートレートを撮る女性アーティストが「自分にしか興味がない＝ナルシスト」と取られることに引っかかっているのだという。「なぜなら「女の子」性みたいなものはずっと、鏡の中の自分にうっとりしながら化粧をするとか、自己中心的だとかの、いわゆるナルシシズムとして揶揄されてきましたから」と。

それに対してわたしが返したのが、こんなせりふだ。

「クリエイターは、鏡をのぞいてうっとり、なんて中途半端なものじゃなくて、度はずれたナルシシズムを持てばいいんです。「オレサマ／ワタシの作るものが世界でいちばんよい、わからないオマエが馬鹿だ」っていうぐらいの。」

そしてわたしに欠けているのは、このナルシシズムである。

産まないエゴイズム？

「産後うつ」ということばがあるのだから、「未産うつ」だってあるでしょう、と若い女性が訴えた。出産適齢期の女性が子どもを産まないと、「子どもはいつ？」「まだ産まないの？」「妊活ならいいお医者さまを紹介してあげようか？」と周囲がいちいちうるさい。ひとりで産めるものでもなし、ひとにはそれぞれ事情がある。子どもを産んだ女性の幸せそうな顔を見ていると、うつになるのだという。

「未産」は「未婚」と同じく、いずれは産むもの、結婚するもの、という前提に立っている。子を産まない女に対するこういうハラスメントを何と名づけようか、とジャーナリストと話していて「不産ハラスメント」という名称を思いついた。「非産ハラスメント」では「悲惨」と聞こえてしまう。

「母になって一人前」の日本の社会では、結婚しているかどうかよりも、母であるかどうかのほうが女の価値を決める。酒井順子さんは、自分自身を含めてそういう女を「負け犬」と呼んだ。「おひとりさま」と言い換えたら、少しはラクになったが、それでも結婚・出産が「女の上がり」であることにいまでも変わりはない。上がったあとにも離別・死別はあるが、非婚を含めてシングルマザーも「母であること」で「女の証明」をすませていることになる。既婚の女が子を産まないと周囲から冷たい目で見られるし、「妊活」すれば子どもをつくれるとあって「なぜ努力しないの?」と責められる。

子を産まない女には「石女《うまずめ》」というおそろしい民俗語彙があてられた。子どもを産まない/産めない女は欠陥品だから、婚家から実家へ「返品」してもよかった。「嫁して三年子なきは去れ」とか、夫が通い婚をするあいだに子どもが生まれて初めて嫁入りする慣習のある地方もあった。江戸時代の夫婦の十組に一組は不妊だったと言われるが、不妊の原因の半分は男性側にあることがわかったのだから、女ばかりが責められる理由はない。実際には子のない正妻が離縁されることはまれで、妾や親族の産んだ子どもを養子にするとか、子どもの再分配はひんぱんにおこなわれた。

だが、「子を持って知る親の恩」のように、親になることが人格的成長と結びつけられてきたために、子のない女はたんに生物学的に欠陥品であるだけでなく、人格的にも欠陥があると思われてきたふしがある。「子どもを産んで初めて人生の何たるかがわかったわ」とのたまう女性もいる。子を産まない女は人格的に未熟で成長しないと思われているようだが、子を産んだからといっていっこうに成長しない女性もいるし、それなら子育てに関わらないおおかたの男たちは未熟者のままだろう。

いまから三十年以上前には、「未婚の母」はじゅうぶんなスキャンダルだったが、その当時決意して未婚の母になった女性が、こんな話をしてくれた。子どもを産んだあと、仕事先の男性が喜色満面で近づいてきて、こう言ったのだという。

「やあ、これでようやくあなたを信用できるようになりましたよ」

それを聞いて、母になる前の自分が世間からどういう目で見られていたかが逆にわかって愕然とした、と。つまり仕事一途の未婚の女は、クライアントからも「信用ならない女」と軽く見られていたのだった。

わたしは子どもを産まなかった女だ。このわたしも、「子どもを産んだことのないあなたに、女の何がわかるのよ」と正面から難詰されたことがある。相手をコーナー際に追いつめて、必死の反撃の末に、言ってはならないせりふをそのひとに言わせてしまったことをふかく後悔したが、その反撃は狙いどおりの効果をわたしにもたらした。それが彼女がわたしに対抗できる最後で最強のツールだとそのひとが感じていることが伝わっただけでなく、おそらく多くの人びとが口には出さないがそういう目で「おひとりさま」の女を見ているだろうということもよくわかった。

森崎和江さんの著書に、子をなすことを禁じられた元「からゆきさん」の女性が、「子持たんものはこの世のやみじゃ……」と述懐する場面がある。子どもだけが女のアイデンティティの源であり、子どもだけが人生の支えであった時代と違って、いまの「負け犬」たちは「負けた」ふりをしているが、少しも暗くはない。それにしても母にあらざれば女にあらず、という時代の呪縛は、女を長く縛ってきた。

三十代でインドをひとり旅したときには、男たちにつきまとわれて、「結婚しているか」「子どもはいるか」と問われつづけた。「いない」と答えると、ただちに「それは罪だ」という答えが返ってきた。神に背く罪、のことらしい。子をなさない女は天に背く罪人で、来世も浮かばれないということなのだろう。インドには代理母ビジネスに従事している女性たちがいるが、彼女たちは神の意に従っていることになるのだろうか。

もうひとつ、子のない女がしばしば受ける非難は、子を産まない女はエゴイストというものだ。子どもを産まなかったわたしは子どもを産んだ女たちが謎で、「なぜ産んだの？」と訊いてまわったことがある。そのなかでこんな質問をしたときのことだ。

「子を産むエゴイズムと子を産まないエゴイズム、どちらが大きいと思う？」

「そりゃ子を産むほうに決まってるじゃない」

と、女友だちは呵々大笑した。聡明な女性だった。

子どもは女に生きる理由を与えてくれる。しかもとりかえのきかない絶対の信頼を寄せてくれる。小島慶子さんが、母になった経験について、自分が子どもを受けいれているというより、子どもが自分を絶対的に受けいれてくれているという事実に粛然とした、という趣旨のことを書いていたが、そのとおりだろう。わたしはその「絶対」を避けたかったのだと思う。

それにしても。日本の社会は母性をこんなに持ち上げておきながら、母になった女にはペナルティと言ってよいほどの犠牲を押しつけつづけている。OECD諸国のなかでも「子育てを楽しめない」という女性の比率はダントツに高い。不幸な母に育てられるのは、子どものほうも不幸だということは断言できる。日本の母親が幸福になれば、母になりたいと思う女性も増えるだろうか。

認知症当事者から見える世界

三十九歳で若年性認知症と診断され、認知症当事者として『丹野智文　笑顔で生きる』（文藝春秋、二〇一七）などの情報発信を続けている丹野智文さんが、新刊を出した。その発刊を記念して、認知症当事者勉強会（なんともう二十回以上も実施している！）が「丹野智文著『認知症の私から見える社会』（講談社＋α新書、二〇二一）を読む」というオンラインイベントを実施した。コロナ禍で進んだオンライン化、参加者は全国各地から三百人に上った。リアル会場で三百人を集めるのはひと苦労だが、これもオンラインのおかげである。

参加したいろんなひとたちが口々にコメントを述べた。多くのひとが指摘したのは、この本がパラダイム・シフトの書だということである。

これまで認知症について書いたり論じたりしてきたのは、主として専門家と家族。認知症当事者は、発言の能力がないか、あってもとりあってもらえなかった。それが「社会が認知症当事者をどう見ているか」ではなく、一八〇度視点を変えて、「認知症当事者に社会がどう見えているか」を論じたものだからである。

社会はひとの集合である。そのなかでも、当事者にいちばん近い位置にいるひととは、家族だ。この本には、家族が認知症当事者にどう対処しているかではなく、認知症当事者が家族の対応をどう見ているかが詳細に書かれている。

たとえばこうだ。

「忘れたの?」「さっきも言ったでしょ」「また」。「これらの言葉がいちばん嫌な言葉」。そして「やることなすこと危ないと言われる」ようになり、「やめたらいいのにとあきらめさせられる言葉がけが多くなった」。気のせいか「認知症になってから言われ方がきつくなったと感じる」。

周囲の専門職や支援者もそうだ。

「診察室で先生は、私にではなく家族に体調とかを訊くけれど、私がいちばんわかるのになぜ家族に訊くのだろうと思う」

「自分は薬を飲みたくないのに、家族が増やして欲しいと先生に言っているのを聞いたことがある。そして自分は困っていないのに、家族が困っていると先生に言っているのを聞くとつらい」

こうしたことばは、丹野さんが全国三百人の認知症当事者とのやりとりのなかでメモしたものだ。本が書けるぐらいなら認知症じゃない、取材して記憶できるなら認知症とは思えない……という声に対して、丹野さんは、当事者のことばを聞くたびにそのつどＩＴ機器に入力して保存したものだと言う。丹野さんの本には、日本中の認知症当事者三百人分のホンネが詰まっている。

そしてこの本を出すのが「怖い」「怖かった」と、丹野さんはくりかえした。たとえそれが当事者のリアリティであっても、いちばん身近にいて苦労をかけている家族に対する不満をこんなに書き連ねれば、「ひとの苦労も知らないで」「あなたのために言ってるのに」と家族から猛反発が来るのを怖れたのだとか。

ケアを受けるひとたちは、ケアを与える側のひとたちと圧倒的な非対称関係に置かれている。ケアを与えてくれるひとを怒らせたら、それこそ死活問題だ。認知症者の家族の苦しみは知りぬいている。それでももっとも身近なケアするひととのあいだで、ケアされるひとの利害は対立する。

当事者ということばは、もともとほんらいの「ニーズが帰属するひと」と、それ以外のひとたちとを区別するために生まれた。どんなに身近な家族でも、本人を代弁することはできない。場合によっては利害が対立することすらある。

本書のパラダイム・シフトを指して、当日コメンテーターを務めた認知症専門医の山崎英樹医師は、一九七〇年代の「青い芝の会」を思いだした、と感慨深げに語った。脳性麻痺の当事者団体としてスタートした「青い芝の会」は、施設をつくりたいのは当事者の要求ではなく家族の要求、施設から出て自立生活をしたいという当事者ののぞみの前にたちはだかるのは家族だと指摘して、こんな主張をした。

「泣きながらでも親不孝を詫びながらでも、親の偏愛をけっ飛ばさねばならないのが我々の宿命である」（横塚晃一『母よ！殺すな』すずさわ書店、一九七五／生活書院、二〇〇七）

認知症当事者も半世紀近くを経て、ここまでたどりついたのだ。

こんなやりとりをしているあいだにも、チャットに「認知症者の家族も当事者でしょ」とか「家族と本人が当事者です」といった書きこみが入る。家族というものが、どんなに重いものか、そして認知症当事者がどれほど家族に感謝しつづけ、肩身の狭い思いをしつづけなければならないかが伝わってくる。

わたしは中西正司さんと共著『当事者主権』（岩波新書、二〇〇三）を書いた。家族と当事者を切り分ける必要は、いくら強調してもしたりない。当事者を「問題を抱えたひと」というより、「問題状況から立ち去れないひと」と言い換えたほうがよいと思うが、その定義にしたがえば、家族はその気になれば「問題から立ち去れるひと」と言ってもよい。こう言えば、「そんなことできないのが家族でしょ」という反発の声が聞こえてくるが、たとえばケアされる当事者が目の前から消えたり、亡くなったりすれば、非当事者は、問題から解放される。どんなに罪悪感を伴っても、その状況から逃げだそうとすれば逃げることもできる。

丹野さんの著書を読んで爆笑したのが、次の一節である。

認知症の当事者が入院させられた理由を、「家族が鬱になってしまい大変なので一時的に入院することになった」と聞いた丹野さんは、こう感じる。「家族が鬱になったら、なぜ、鬱になった人が病院に入らないのでしょうか？　当たり前のように認知症の当事者のほうが入院させられてしまうのが疑問です」と。

樋口恵子さんとわたしの共著『人生のやめどき』（マガジンハウス、二〇二〇）でも同じようなやりとりがあった。百三歳の老女が七十代の息子夫婦との確執から施設入居するに至った、というエピソードを聞いたときのことだ。長年姑に仕えてきた息子の妻は「能面のような顔」をしていたと。息子夫婦は老いた母親の介護が招く葛藤から、自分たちの夫婦関係を救ったのだろう。その選択は正しいが、それなら百三歳の老女に生活環境の激変をしいるのではなく、なぜ息子夫婦のほうが家を出て行かないのか、と素朴な疑問を抱いた。持ち家はおそらく老女の名義で、息子夫婦はレイトカマーだ。遅れて同居した者が、先に出て行けばいい。なぜ自分の家で最期をまっとうさせてあげられないのか、と。

「置き去りにするのと、施設に入れるのと、どっちがむごいのか」と樋口さんは言うが、施設入居は「追い出し」ではないのか。「追い出し」より「置き去り」のほうがまだましだろう。樋口さんは「老人ホームには、行きたくなるような場所になってほしい」と言うが、わたしの知る限り、施設が好きで入る年寄りはいない。

ケアする者は、その気になれば逃げられる。イヤなことからは逃げたらいい。いや、見捨てるなんてできない、という「よき家族」でも、適度な距離を置いたほうがよい。そのほうが「やさしくなれる」からだ。当事者と家族の利害を切り分ける必要は、なんどでも強調しなければならない。

丹野さんはこうも言う。

「いままで私は、「認知症の症状から逃げ出すことができない人」「認知症と診断された人」のことを当事者だと考えてきました。しかしそれだけではなく、診断された本人が、暮らしていく中で、自分の意思によって自由に行動をしたり、要求することが当たり前としてできるのだということを社会に発信していく、「認知症に関係して発信していく人」だと思うようになりました」

そういえばわたしは『当事者主権』のなかでこう書いた。当事者とは、「である」ではなく、「になる」ものだ、と。

「当事者とは、「問題をかかえた人々」と同義ではない。(中略)私の現在の状態を、こうあってほしい状態に対する不足ととらえて、そうではない新しい現実をつくりだそうとする構想力を持ったときに、はじめて(中略)人は当事者になる」

医者の死に方

このところ医療関係者の訃報をつぎつぎに聞く。医者は自分の得意とする分野の病で死ぬというジンクスがあるが、そうかもしれない。

在宅医療のパイオニアのひとり、元佐久総合病院医師、長純《ちょう》一さんが二〇二二年六月二八日、すい臓ガンで亡くなった。東日本大震災で被災した宮城県石巻市に被災者を診療するために転居し、医療だけではじゅうぶんではない、地域を変えなくてはと政治家を志した医師である。亡くなる直前にベッドから壮絶なビデオメッセージを関係者に発信した。享年五十六歳、思い半ばに過ぎるものがあったことだろう。

ショックだったのは在宅ホスピス医の先駆け、山崎章郎《ふみお》医師（七十五歳）がステージ4の末期ガンを公表したことである。副作用の出ない程度の抗ガン剤と食事療法のみで全国の仲間と共に人体実験をするのだと宣言した現場に立ちあった。淡々とそして気概をもって、最後まで医師であろうとする気迫を感じた。

在宅医ではないが、「がんもどき」理論でガン治療に一石を投じた近藤誠医師が同年八月一三日に七十三歳で急死したこともショックだった。死ぬなら無検査・無治療のガン死がいい、とかねて公言しておられたが、ご希望どおりではなく、出勤途上のタクシーのなかでの虚血性心不全だった。死ぬまで現役でいらしたということだろう。ご恵送いただいた新刊『どうせ死ぬなら自宅がいい』（エクスナレッジ、二〇二二）が奇しくも遺著となった。

二〇一八年には在宅医のパイオニア中のパイオニア、早川一光《かずてる》さんが亡くなられた。「ボケこそ救い」と言っておられたが、最後までボケずに、九十四歳で亡くなられた。信頼できる主治医に行き届いた訪問看護師、手厚い訪問介護、そして同志と言うべき妻と、同居を申し出た息子夫婦と孫に囲まれて、理想の在宅看取りとはたからは見えたが、ご本人は「こんなはずじゃなかった」と発言して、物議をかもした。わたしはびっくりぎょうてんして、末期の早川さんに面会を申しこんだ。「思い残すことはありますか」という問いに、「ある」と答えて、「医療は総合人間学でなければならない。道半ばやね」とおっしゃった。最後まで医師であろうとした生涯だった。

そういえば、認知症診断の「長谷川式スケール」を考案した認知症医療の第一人者、長谷川和夫医師は、ご本人が認知症になって、二〇二一年に九十二歳で亡くなられた。『ボクはやっと認知症のことがわかった』（猪熊律子との共著、KADOKAWA、二〇一九）によれば、認知症者にはデイサービスがよいと説いてきたが、ご自身が認知症になってデイサービスに行くようになると、最初のころは行きたくないと拒否されたとか。気持ちはわかる。わたしもそう言いそうだ。

早川さんや長谷川さんはわたしより年長、哀しいが先に逝くのは順番だ。それに対して山崎さんや近藤さんは同世代。そうか、そろそろなのか……と粛然とする。それが長さんになると年少の世代。死の足音が徐々に迫ってくる感がある。

もうひとりわたしよりやや年少の医師、石蔵文信さんが、自分が全身骨転移の前立腺ガンで、手術が不可能でホルモン療法しかないことを公表なさった。『逝《い》きかた上手　全身がんの医者が始めた「死ぬ準備」』（幻冬舎、二〇二二）という本が送られてきて、そこにその顛末が書いてあった。

『婦人公論』（二〇二二年一〇月号）にその石蔵さんのインタビュー記事が載った。「告知を受けた瞬間は動揺しました（中略）今だって「死」は怖い。正確に言えば不安なのです」と正直におっしゃる。だが「諦めるよりほかないなと気持ちを切り替え」て、終活に向かったと。

石蔵さんは「心穏やかに死を迎えるために必要な3つの条件」を挙げておられる。その3つとは以下のようなものだ。

その1、「両親を見送っている」

その2、「子育てに目途がついている」
その3、「妻や子どもたちより早く死ぬ」

その1はよくわかる。わたしは親を見送ったとき、さる方から「親より先に死なないのが子のつとめ。りっぱにつとめを果たされましたね」と言っていただいたことが忘れられない。子が親に先立つ逆縁ほど、ひとの人生にとって不幸はないだろうと思う。

その2もわかる。ひとをこの世につなぎとめる執着の大きなものは、この子を置いて死ねない、という気持ちだ。わたし自身は子を産まなかったが、子を産んだだれかれに、訊いてまわったことがある。子どもはあなたに生きる理由を与えてくれる、この子を置いて死ねないとあなたが思ったのは、子どもが何歳までだったか、と。「成人するまで」とか「死ぬまで親は親」というひともいたが、「三歳のときに、この子はわたしがいなくても生きていくと確信した」と言ったひともいれば、「生まれ落ちたとたん」という答えもあった。十歳の息子に「ママ、ガンで死ぬかもしれないの」と告げたとき、「だいじょうぶだよ、ボクはママがいなくても」と答えが返ってきて、安心と同時にさびしさを覚えたと正直に告白したひともいる。九十歳になっても子どもをつくる性豪もいるようだが、やはり自分の目の黒いうちに親業を卒業できるようにしたほうがよいだろう。

親業とはいつかかならず卒業するもの、子どもから「長いあいだお世話になりました、明日からあなたは要りませんと言ってもらうためにあるのだから。

その3がおもしろい。

わたしは既婚の女性に「配偶者より一日でも長く生きたいと思うか」と、これも訊いてまわった。なかには「お父さん（＝夫）を見送ってからでないと、わたしは安心して死ねない」という夫想いの妻もいたが、答えからわかったことは以下のような傾向である。配偶者より一日でも早く死にたいという妻は概して夫婦仲がよく、反対に配偶者より一日でも長く生きたいという妻は夫婦仲が悪い。わたしの母は後者だった。「お父さんがいなくなって、すかーんと天井の抜けたような青空を見てから死にたい」というのが彼女ののぞみだった。子どもたちのほうでも、あの偏屈者のオヤジが残されるよりは、一日でもよいから母が父より長く生きてくれたらと心底願ったが、そののぞみはかなえられず、妻に先立たれた父は、その後十年を失意と孤独のうちに過ごして亡くなった。

石蔵さんは循環器科の医師であるだけでなく、心療内科医でもある。外来に来る中高年の女性たちの愁訴を聞いて、ははーん、と思い当たることがあった。「夫源病《ふげんびょう》」である。当時「母原病《ぼげんびょう》」ということばが流行っていたが、そのパロディでつけた名である。著書『妻の病気の9割は夫がつくる　医師が教える「夫源病」の治し方』（マキノ出版、二〇一二）のなかで、夫が原因で起きる妻の家庭内ストレスがさまざまな心身の不調の原因であると唱えた。『夫に死んでほしい妻たち』（小林美希、朝日新書、二〇一六）という本もあるから、「夫に先に死んでほしい（夫より長生きしたい）」のは、夫婦仲の悪さの指標だというわたしの仮説を裏づける。いまから思えば、一種の男性学だったと思う。社会学的だなあと思っていたら、社会学界におけるわたしの先輩であり畏友でもある大村英昭《えいしょう》さんの臨床社会学研究会に長く参加しておられたことを知った。大村さんもガンであることを公表して、長い闘病の末に二〇一五年、七十四歳で亡くなられた。

石蔵さんの3つの条件のうち最後のひとつは、妻におんぶにだっこする日本の夫の虫のよいのぞみ、とも聞こえなくはないが、とはいえ、夫婦仲がよくないと口にできないせりふである。かれは口先だけでなく、ちゃんと日常生活で妻とのよい関係を維持してきたのだとわかる。三人の子どもは全員娘、そろって医師になったのは、父の仕事を尊敬していればこそだろう。勤務先の大学を早期退職してからは、孫たちの保育園の送り迎えを担当しているのだとか。家族を大事にし、家族に慕われ、愛されている石蔵さんの姿が目に浮かぶ。日本の多くの父親たちが、家族に愛されているとは言いがたい現実を見ると、寄り添ってくれる家族から「自分はこんなに愛されているのか」と日々実感できる石蔵さんは、日本男性としては稀有な存在だろう。だがそれも、かれ自身が、家族を愛し、尊重してきたからこそである。

石蔵さんの3つの条件はどれも家族に関わるものだ。

では、おひとりさまのわたしは……？

だいじょうぶ、たとえ血がつながらなくてもお互いを大切にしあう関係はいくらでもつくれる。それを「家族のような」と呼ぶ必要さえ、ない。

憤怒の記憶

辺見庸さんは、ずっと気になる書き手だった。生活クラブ連合会に辺見さんのファンがいるらしく、同会の機関誌『生活と自治』というマンスリー・レポートに、長期にわたって「新・反時代のパンセ　不服従の理由」と題する連載があった。毎号届くたびに、ドキドキしながらまっさきに読んだのが、その連載だ。わずか一頁のコラムだけれど、ほかに子育て情報やお料理ページ、産地だよりなどが載ったふんわりした誌面のなかで、そこだけまっ暗な闇がのぞいているようで、周囲とはふつりあいだが、逆に目が離せない気分になった。その連載をまとめて単行本にしたのが『コロナ時代のパンセ』（毎日新聞出版、二〇二一）である。

連載の期間は二〇一四年二月号から二〇二一年三月号までの七年間、第二次安倍内閣から菅政権まで。それ以前に三・一一の震災と原発事故という未曽有の災厄が起こり、いままたコロナ・パンデミックという非常時のもとにある。わたしは最新の記事から読んで時代をさかのぼるように読了したが、現在に近いほど文章のトーンはいっそう暗くなる。この七年は、安倍政権とその後継政権の菅内閣のもとで、数で押し切る無理無体な採決で危険な法律がつぎつぎに成立し、政治家のことばが空疎にからまわりし、ウソと忖度がはびこり、国民が無力化された時代だった。本書には憲法、政治、沖縄、軍備のようなマクロの社会状況に加えて、ご自身の病気と加齢、周囲のひとの介護体験やご自身の要介護体験などミクロの経験が通奏低音のようにからむ。

『もの食う人びと』（共同通信社、一九九四／角川文庫、一九九七）で講談社ノンフィクション賞を獲得した作家は、世界を旅して貪欲な胃袋でひとが食べて生きる苛酷な現場を歩きまわってきた。その行動的な作家が、脳出血で半身麻痺になったと聞いたときには、どれほどの不如意と口惜しさを感じただろう、と想像した。その後も二回にわたるガンの発症と生還。発病後に書かれた文章に、のたうちまわるような呪詛と絶望があふれているのを見て、目を背けたい思いだったが、思い直した。いや、こうやって辺見さんは、自分を切り刻むようにして、思うようにならない現場からのレポートを、わたしたちに発信してくれているのだ、と。

そのなかで目を留めたのが、「西瓜のビーチボール」と題するエッセイだった。

辺見さんは要介護認定を受けて、介護老人保健施設のデイサービスに通っている。ある日のエピソードだ。女性指導員が西瓜の模様のビーチボールを使って、ゲームを始めた。ビーチボールを参加者にまわしながら「冷たいの反対はなーに？」と「脳トレ質問」を出す。「あったかい！」と答えると指導員が「あたりい！」と応答して、ビーチボールがまわっていく。

辺見さんはそのビーチボールが自分にまわってくるのではないか、とドキドキする。果たしてビーチボールはかれの膝に乗せられ、「明るいの反対はなーに？」と指導員の「脳トレ質問」が投げられた。その瞬間のかれの反応。

「胸のなかに鉄の玉ができて、焼けるほど熱くなる。まっ赤になって胸のなかでゴロゴロ転がる。（中略）激怒しているのだ、わたしは。（中略）わたしはじぶんの怒りのはげしさにたじろぐ」

そして自問自答する。

「にしても、なぜこんなにも憤るのか？（中略）ここにかれらなんかといっしょにいること、そうせざるをえない心身の老い。それに焦っているじぶん。そして、どうしようもなく末枯《すが》れてゆくなりゆきをまだ諦観できないじぶんにいらだって、かれらなんかとじぶんを懸命に区別しようとし、同時に、他人にも区別してもらいたがったのである。目がうるんでくる。風景が掠れる」

ほとんど全文引用したくなるこの文章のあまりの正直さと切実さに打たれて、わたしはたちすくむ。そして、要介護認定を受けてもデイサービスなんて絶対に行きたくない、と思っているわたしの心の底に、もしかしたら辺見さんと同じ思いがあるかもしれない、とドキリとする。

老いること、介護されることは、ほんとうはとってもつらいことなんだ、それをわかってほしい……という声の底に、これほどの憤怒と悲哀があるということを、わたしたちは忘れがちだ。

要介護になれば、わたしたちは無力化される。無力な、というのは、子ども扱いされる、ということだ。だが年寄りは子どもではない。子どものように無垢でも純真でもない。子どものようにうつくしくもない。長い年月を生きてきて苦労も経験も身体に染みこんでいるだけでなく、何より生きぬいてきた矜持がある。だがその誇りは、わずかな不如意でもろくも崩れるほど、不安定なものだ。認知症の年寄りはよく怒る。それは怒るだけの理由があるからだ。そのつどかれらのプライドが傷つけられるからだ。

「さあ、みなさん、ごいっしょに」というデイサービスのレクリエーションなどに、わたしは参加したくない。これまでの生涯に団体行動が好きだったことが一度もないわたしが、老いてからそんなものを好きになるわけがない。介護職員に「おばあちゃん」と耳元でささやかれたら、「あたしゃ、あんたの祖母じゃないよ」と毒づきたい。「回想療法」などと称して、「あなたの人生をお聞かせください」と傾聴ボランティアが訪ねてきたら、「見も知らぬあんたにわたしの人生を話す義理はない」と追い返しそうだ。なのに、なのに、そのかれらの助けがなければ食事も入浴も、わが身ひとつ思うにまかせなくなるのが、老いという現実なのだ。

講演の最後をわたしは「安心して要介護になれる社会を！」というスピーチで締める。それを可能にしたのが介護保険という制度だとわかっていても、制度はわたしの心までを救ってはくれない。ままならぬ身体、不如意な動作、ひとに頼らなければならない不甲斐ない暮らしへの歯がみしたいような無念さ、哀しさまでには、制度は届かない。

辺見さんの隣の老女が辺見さんに声をかける。「ねえ、ねえ、（中略）お父さん、もう帰ろ……」と。辺見さんはしわがれ声で応じる。「うん、うん、もう帰ろ……」。

老いの先に、帰る場所は、どこにもない。不如意な身体という他者を抱えたまま、わたしたちは階段を一段ずつ下りなければならない。

西瓜のビーチボールは鉛の球の重さを持って、わたしの膝の上に置かれる。さて、わたしはどうしよう……？

とりかえしのつかないものたち

若手の写真家（もう若くないかもしれないが）、藤岡亜弥さんから、東京で写真展をするからギャラリートークに出てほしいと頼まれたとき、彼女の作品を見ながらとっさに思いついたタイトルが「とりかえしのつかないものたち」だった。そのタイトルを提案したら、藤岡さんはちょっとびっくりして、それからふかく頷いた。そして、どうしてそれがわかったの、という顔をした。

藤岡さんは広島在住の写真家。出身地広島をテーマにした『川はゆく』（赤々舎、二〇一七）で林忠彦賞と木村伊兵衛写真賞を受賞した。被爆地というシンボルを背負った広島という生まれた土地に帰るまでには、さまざまな葛藤があったに違いない。藤岡さんは若いころ、自分の居場所を得られず、東欧を中心にヨーロッパを放浪した。「アヤ子、形而上学的研究」と題された写真展で発表したのは、その旅先で出会っただれかれの極私的な記憶だった。かれらは東洋から来た無名の若い女を私生活に招きいれ、無防備な姿をさらし、家族のようにもてなし、あるいは頓着せずにただそこにいることを許し、時間と空間を共にした。どの社会にいてもかれらもまた傷つけたり、傷つけられたりの不如意な人間関係のなかにあって、何者でもない、とおりすがりのヨソモノの女がそのなかに入りこんで、ヒリヒリする剝きだしの自我をさらしているような写真だった。

海外を旅するとき、思いがけない饗応や期待していなかったやさしさに出会うとき、「日本に来ることがあったら必ず連絡してね、このお返しはきっとするから」……と言いながらそんなときがけっして来ないことを互いに承知している別れもある。たとえ再会したとしても、かつての時間は取り戻せない。それがよくよくわかっていても、わたしたちは気休めに口にする、「また、会おうね」と。さよならを意味する Au revoir も Auf Wiedersehen も再見《ツアイチエン》も、再会を約することばだ。

出会いを写真という記憶装置に残そうと思ったとき、彼女はその時間が二度と来ないことを痛切に感じていたに違いない。そう思えば写真とは残酷な記憶装置だ。そこに印画されたのは過去の時間、その時間は止まったままで、もはや再びめぐらず、それから隔てられている実感を、いやでも見る者にしいるからだ。そういえば写真集『川はゆく』もおよそ八十年前の広島と現在の広島とのとりかえしのつかない時間の経過を、否応なしに感じさせる作品だった。

とりわけ死者の写真はむごい。死者の時間は止まったままだ。かれらはそれ以上、歳をとらない。それが死んだ子どもの写真なら、年老いてゆく親の時間はしだいに遠ざうれしいことばかりではない。

高齢者向けの雑誌や書籍が増えて、七十代、八十代の男女が「いまがいちばんいい」と言う。「いまの自分がいちばん好き」とも言う。嘘つけ、と思ってしまう。自分をねじふせる自己肯定のことばだ。記憶のなかには、失ったもの、悔いや恥をよみがえらせるもの、そしてとりかえしのつかないものたちがあふれている。

あのときにはああするしかなかった、といっても、人生は必然の連鎖でできているわけではない。自分の愚かさや未熟さにほぞを嚙んでも、やりなおしはできない。偶然に流され、短慮《たんりょ》に任せ、衝動に溺れて、言ってはならないことを言ったり、してはならないことをしたりしてきた。傷つけたが、傷つけられもした。授業料はたくさん支払った。

後期高齢者になった。同世代の訃報を聞くようになった。知己を失うと、そのひとと共有した記憶ごと、ごっそり自分の一部があの世へ持って行かれるような気がする。そうやって自分が削り取られていく。わたしがそのとき、その場にいたという証言者を失って、自分の記憶の輪郭があいまいになっていく。

こんなわたしにも、自伝を書けというオファーが来るようになった。それも一社や二社ではない。そういう年齢になったのだろうか。ひとが自分史を書く「適齢期」とはいつだろう。まだ人生を振り返る年齢だとは思わない。それに自分史のほとんどが自己正当化の弁明のように聞こえる。だがあのひとこのひとの自伝を読むと、わたしにも釈明したいことや、言い残しておきたいことはあるという気がする。もちろん言いたくないことも、墓場まで持って行くしかない記憶もある。

いまはまだその準備がない、そう言って、すべてお断りしているが、ではいつになったらその準備はできるのか？　その準備も何もないうちに、ある日中断されてしまうのが人生なのか。

わけあってサルトルとボーヴォワールの晩年について調べているが、四方田犬彦さんが『文學界』二〇二三年一〇月号でサルトルについて辛辣な発言をしていた。

「自分は死後に忘れ去られるであろうという強迫観念から、彼は自由になることができなかった。一九八〇年、ほとんど無名のイデオローグの青年に押しまくられた形で、みずからの思想を過度に単純化した談話を雑誌に連載。焦燥感に駆られた感のあるその内容には、盟友ボーヴォアールをはじめ、生涯の論敵であったレイモン・アロンまでが心配になって疑義を発した。知力も気力もひどく衰退したところを「弟子」を自称する青

死ぬ前に赦し赦される関係を

家族も子どももいないわたしには、このひとを残して死ねない、という相手はいない。ペットがいればそう思うのかもしれないが、ペットもいないので、そうも思えない。たくさんのしごとをしてきたが、しごとのうえで、これをやりとげるまでは死ねない、死にたくない、ということもない。自分のしごとが歴史に残ってほしいとも思わないし、残るとも思えない。

やってきたことは、その時々の時代の要請に応じ、時代に翻弄されながら走りつづけてきた軌跡。それを共にしてなつかしんでくれる、同時代を生きた仲間たちがいたらそれでたくさん。かれらが生きているあいだだけ、かれらの記憶にとどまればそれでじゅうぶんで、墓碑だの記念碑だの、朽ちないものに残したい

いま死んでも後悔することはあまりないと思う。しいて言えば、働きすぎたことぐらい。まだ少し遊び足りないかも……。

自分が死ぬときにはあまり後悔しないかもしれないが、親が死ぬときには、後悔がいくつも残った。その教訓をもとにして、『今、親に聞いておくべきこと』(法研、二〇〇五)

ちんと感謝しておきたいが、それだけでなく、赦し赦される関係を、それぞれの相手と結び直しておきたい。

それはきっと、自分の人生と和解しておくことと同じだと思う。なぜならば、人生とは他人との関わりがつくるものだからだ。生きてくればよいことばかりではないが、最後に生きてきてよかった、と思えるために、わたしの人生に立ち入ってきたひとたち、そしてわたしの未熟さのために傷つけたり、行き違いからねじれた関係に至った相手を、赦し、赦されたい。

死ぬならガン死、ということばをホスピスケアの専門医から聞いた。最末期まで行動性があり、意識が清明で、死期を予期できるからだ。「死への準備」をおこなうにじゅうぶんな時間があるとしたら、不如意な関わりに終わった人びとを訪ね歩きたい。「あと数ヶ月で死ぬのだけれど、その前に会っておきたいと思って……」と切りだしたら、相手はどんな顔をするだろうか。

あるいは逆に、誰かからそんなふうに切りだされたら [illegible]のだろうか。

「よく来てくれたわね」と言って、あとは黙って相手の目をみつめ、抱きしめる……それだけでじゅうぶんな気がする。

Ⅳ 夜想曲

感情記憶はよみがえるか

海を前にして夕陽に向かっている。荒れた海もあれば、凪《な》いだ内海もある。日本海のグレーの海もあれば、沖縄のコバルトブルーの海もある。インド洋の油を流したような海への落日もあれば、アイルランドの絶壁の上から見た荒波の大西洋の彼方の日没もある。いつも夕景だ。旅は朝日が見えるところよりも夕陽の見える西海岸がいい、と思う。海を焦がしそうに水平線に入っていく夕陽を、最後の一筋の光がなくなるまで、じっとたたずんで見つめる。日没の瞬間に緑の閃光《せんこう》が見られることがある、それを見ることのできた者は幸運だ、と聞いて、ユーラシア大陸の西の果て、スペインのカディスで斜陽を見つめたこともある。

目に悪い。なにかに害があると言われても、目が離せない。

どのときもひとりではなかったはずなのに、傍らに誰がいたのかの記憶は定かでない。ただ、そのときの体感が強烈に記憶にある。すべてのものから孤絶して、世界にひとりで立ち向かっている気分。からだの中にも外にも風がふきわたっていく。

記憶には手触りがある。いや、手触りのある記憶とそうでない記憶とがある、と言ったほうがよいだろうか。そして残るのは手触りのある記憶だろう。

ケアの研究をしていると認知症の高齢者によく会う。まさかこのひとが、と思うようなひとでさえ、認知症になる。毎日手を動かしているひとは認知症になりにくい、だから包丁を使う主婦は認知症にならない、と言われるが、主婦だって認知症になる。好奇心のつよいひとは認知症になりにくいと言われるが、知的好奇心のかたまりみたいだった尊敬する歴史学者も認知症になった。それどころか、認知症者の判定基準となる「長谷川式スケール」の発明者である認知症専門医の長谷川和夫さんも、認知症になった。認知症は誰がなるか予測できない。いまのところ、原因も予防法も治療法もわからない病気だ。

認知症の中核症状は記憶障害である。短期記憶は失われて、体感に刻みこまれた長期記憶は残る。だとしたら、手触りのある記憶は、認知症になっても長期にわたって残るだろうか。

認知症はまた認知の障害ではあっても、感情障害ではない。だとしたら感情記憶はよりつよく残るだろうか？　最近の歴史学には、感情史という分野が登場した。共同体の記憶ですら、感情にいろどられている。

だが感情のなかにも、喜ばしい感情とくるしくつらい感情とがある。もしトラウマ的な記憶ばかりが晩年に再生されたら……と思うと怖くなる。

少し前の高齢者施設でこんな話を聞いた。高齢者施設に入所するひとには、認知症が多い。認知症で暴言暴行をくりかえし、介護職員が危険を感じるほどの暴力を振るう男性に、軍隊経験者が多いようだ、と。軍隊では理不尽な暴力を受けたり、行使したりする。その暴力の記憶がトラウマとして残っていて、それまで抑制されていたトラウマ的記憶が、認知症によって抑制がはずれて暴走するのだろうか。だとしたら深層に沈んで身体化した感情記憶は、抑制のたががはずれると、浮上するかもしれない。

コロナ禍で世間から隔絶され、ひとに会うことも減った。代わりに内省と回想の時間が増えた。気がつけばわたしも高齢者。わたしは……と語りだすと、「であった」と多くのことが過去形で語られる年齢になってしまった。

インターネット上である女性が、コロナになってから昔の恋人の夢をよく見るようになった、と書いていた。それに「あるある」と同調するリプライがついた。そういえば……と自分にも思い当たる。わたしの夢にも昔の男が登場する。うなされて起きるから、よい夢ではない。無知や短慮や傲慢《ごうまん》から、傷つけたり、傷つけられたりしたあいだがらだ。あのときこうすればよかったのに、と心残りがあるが、すでに何もかもとりかえしがつかない。そのうちの何人かは鬼籍に入っている。至近距離で記憶を共有した相手がいなくなれば、そのひとの存在ごと、わたしの記憶があの世へ持って行かれてしまう。

記憶の貯蔵庫とは、どうやら自在に取りだしたりしまったりはできないもののようだ。ふつごうなときにふつごうな記憶がふいに浮上する。反対に、よみがえってほしい記憶がなかなか取りだせない。

そしていずれ認知症になったら……記憶のたががはずれて、いったいどんな記憶が浮上してくるのだろうか。悪夢にうなされる老後はごめんこうむりたい。

そう思えば、海を前にした吹きさらしの体感記憶がわたしのなかに沈殿していることは、恵みかもしれない。茫々《ぼうぼう》たる海、颯々《さつさつ》たる風。その光景には、わたしのほかに誰もいない。日没は昏《く》れていく晩年にふさわしい。だが落暉《らっき》の輝きは懸命で豪奢《ごうしゃ》だ。身に沁みるような切実な感情はあるが、それはもはや快でも不快でもない。はじめからひとりだった。さいごもひとりだ。そう風景が教えてくれる。

わたしがいてもいなくても、世界は微動だにしない、と知って、大きく安堵する。だがどうやら世界は、いや地球は、ひとがなしたおこないによって大きな影響を受けるほどに変貌しているらしい。個人にとっても、社会にとっても、とりかえしのつかないこと……その原因に自分がなっていると考えることは恐ろしい。

地球も夢を見るのだろうか、それも悪い夢を。

死ぬまでにあと何度、海を前にした日没に立ち会えるだろう。

手の年齢

電車に隣りあわせた若い女性がスマホをいじっている。その手を見て目が釘付けになった。なめらかな大理石のような肌、シミ一つない白さ、すっと伸びた細い指に手入れされた卵形のネイル。水仕事や土いじりなど、したこともないような繊細さ。日本語に「箸より重いものを持ったことがない」という表現があるが、「パソコンのキーボードのほかはさわったことがない」と言いたいほどのやわらかさ。完璧な手だった。

ハンド・モデルという職業があることを知っていた。料理番組や食器用洗剤の広告などに、手だけ登場するモデルさんを言う。手に限らず、うなじや脚など身体のパーツごとに専門のモデルさんが存在する。ハンド・モデルさんは手の手入れに余念がなく、ハンドクリームをすりこむのはもとより、寝るときには手袋をして寝るのだという。

ひるがえってわたしの手は……あるときからシミが出てきて、それがみるみるうちに拡がった。老人斑と呼ぶのだと知った。そういえば祖母の手に似てきた。そう、自分が祖母の年齢になったのだ。

若いころはそうではなかった。皮下脂肪でくるまれたふんわりぷりぷりした指ではなかったが、代わりに贅肉のない、静脈の浮いた自分の手がきらいではなかった。タバコを日に一箱吸うヘビースモーカーだったころ、タバコを持つのが似合う手だ、と言われた。その手から脂気が脱け、ちりめんジワが寄り、老人斑が増えてきた。どう見ても老女の手になった。おおぶりの文字盤の見やすいメンズ・サイズの腕時計にゆるみが出てきて、時計の重さがこたえるようになった。もっと軽いのにしなくっちゃ。

考えてみれば身体のパーツのうち、いちばん目に入るのが自分の手だろう。働けど働けどわが暮らし楽にならざり……「じっと手を見る」のは掌《たなごころ》、こちらはめったにしみじみ見ることはないが、手指と手の甲はどんな作業をしていても否応なく目に入る。

手は、そのひとの人生を物語る。サイン会のときに握手をすると、すぐにわかる。かさかさに乾いた掌……おうちで水仕事をたくさんしてきた手だ。なめらかでやわらかく、ジェルネイルが盛られた掌……家族の世話をしていないのだろうか。節くれ立って、たこのできた掌……何か手仕事を続けてきたのだろう。

高齢者のお宅を訪問すると、そのひとの手をとる。かさかさに乾いた荒れた手。節くれ立った短い指に爪の食いこんだ手。手をとってなでる。

「よく働いてきた手ですねえ」と言うと、

「そうやろ。よう働いた。苦労してきたんや」と返ってくる。

「牛も馬も飼うとった。朝五時から起きて休むひまもなかった」

「牛も馬も休んでくれませんものねえ……」

　外で活動する夫に代わって絵筆一本で家計を支え、子どもと夫の母、それに病気がちの実母の世話をし、五十五歳で亡くなった童画家、いわさきちひろが死の二年前に書いた「大人になること」という文章がある。

「人はよく若かったときのことを、とくに女の人は娘ざかりの美しかったころのことを何にもましていい時であったように語ります。けれど私は自分をふりかえってみて、娘時代がよかったとはどうしても思えないのです」

「思えばなさけなくもあさはかな若き日々でありました。（中略）もちろんいまの私がもうりっぱになってしまっているといっているのではありません。だけどあのころよりはましになっていると思っています。そのまだましになったというようになるまで、私は二十年以上も地味な苦労をしたのです。失敗をかさね、冷汗をかいて、少しずつ、少しずつものがわかりかけてきているのです。なんで昔にもどれましょう」

　この文章の一部を、信州安曇野にあるちひろ美術館で見つけて感動し、全文を読みたくなってちひろ美術館に問いあわせたら、ちひろ美術館・東京副館長（当時）だった松本由理子さんから直接お返事をいただいた。由理子さんはちひろのひとり息子、猛さんの元妻である。それ以来、松本一家のユニークな娘たち（ちひろの孫娘にあたる）を含めて、家族ぐるみのおつきあいになった。孫娘のひとり、春野さんは絵描きになった。ちひろとは違う画風で、個性的な童画を描く。

ちひろの文章はこう続く。

「いま私は（中略）私の若いときによく似た欠点だらけの息子を愛し、めんどうな夫がたいせつで、半身不随の病気の母にできるだけのことをしたいのです。これはきっと私が自分の力でこの世をわたっていく大人になったせいだと思うのです。大人というものはどんなに苦労が多くても、自分のほうから人を愛していける人間になることなんだと思います」

娘たちは、どうすれば愛されるかばかりを気にする。だが「愛される」のはあくまで受動だ。それに対して「自分から愛していける」のは能動である。愛されるより愛するほうが、ずっと豊かな経験だ。受け取るより与えるほうが、ずっと豊かな経験であるように。

「闘う女家長」だったちひろが、夫の共産党代議士、松本善明《ぜんめい》さんにこぼしたひと言がある。弁護士でもあった松本さんは、戦後最大の冤罪事件、松川事件の弁護を引きうけたりして、外で忙しく活動していた。朝早く出て夜遅くまで帰って来ない夫に、ある日、ちひろはこうこぼした。

「あんたが全部悪い」

「朝出て晩帰る僕がなぜ悪い？」と返した夫に、あろうことか、ちひろは、笑って終わった。

ほんとは「あなたが家にいないことが悪い」と言いたいのに、夫には伝わらない。そういう時代だった。笑ってすませることではないが、そこを笑って収めたのが彼女の夫に対する愛、だったのだろう。

二〇二三年の春、仙台文学館がちひろ美術館の収蔵作品の複製を借りだして展示をした際、ギャラリートークに呼ばれた。ちひろ美術館は収蔵するちひろ作品九千六百点をすべてデジタル化するというビッグプロジェクトに乗りだしている。そのデジタルデータから復元した作品をピエゾグラフという。顔を寄せて細部を確かめたが、複製とは思えない緻密な再現である。九千六百点もの作品を収蔵しているのは、ちひろが挿絵画家として出版社や編集者と闘って原画を取り戻し、著作権を主張したからである。当時の挿絵はたんなる添えもの、処分されたり紛失したり、消耗品扱いだった。ゆるふわの童画を描くと思われているちひろは、実は「闘う画家」だった。

わたしの講演のクライマックスはもちろん、ちひろ五十三歳のときのこの文章を朗読することだった。聴衆の大半は五十代以上。もう若くない。ほとんどが女性だ。この文章を持って帰ってもらいたい、それだけでもわたしの講演に来ていただいた価値はある、そう思った。だから朗読したあとに、もういちど、聴衆に向かって呼びかけた。

「ご唱和くださいね……なんで昔にもどれましょう」

声が拡がった。笑いが起きた。

そう、苦労して、くろうして、やっと大人になってきたのです、なんで昔にもどれましょう。

転倒事故

追い抜かれていく、次から次へと。早足で歩く長身の若者はもとより、重い荷物を抱えた女性、子連れの若い母親にも。こんなはずではなかった。人並み以上に足の速いことを自負していたわたしは、連れの友人たちから、しょっちゅうこう言われていたのだ、「ちょっと待って、もう少しゆっくり歩いてよ」と。お年寄りが杖をついてゆっくり歩くのを追い越すたびに、わたしもいずれこうなるのか、と予想はしていたが、まさかこんなことになるとは。痛めた腰をかばいながら歩くので、どうしてもスピードが出ないのだ。

不測の事態で転倒事故を起こし、腰を強打した。久し振りに出かけた先の新幹線の昇りエスカレーターでのことだ。引きずっていたキャリーバッグの重さに引っ張られてバランスを崩し、真後ろに転倒した。立ち上がることもできず、そのままエスカレーターに仰向けになって頭を下にしたまま、ずるずると上昇していった。天井を見あげながら、このままいくとわたしはどうなるのだろう、とぼんやり考えた。エスカレーターの先にギロチン台が待っているような不穏な予感がしたが、身動きできない。最後まで上がりきると、その場にいた見知らぬ男性が両足を持って引きずりだしてくれた。痛みとショックで脂汗が滲んだ。

コロナ禍で長いあいだ、引きこもっていた。最近になってリアルでイベントを開催するから出てきてほしいという依頼が増えていた。新幹線にもずっと乗っていなかったので、どうやって乗るのか忘れたような気もしたほどだ。そんな出張先でのことだった。

現地で整形外科を受診してレントゲンをとってもらった。圧迫骨折の可能性があると言われた。直後に講演の予定が入っていたので、コルセットでぎりぎりと締め上げ、鎮痛剤の坐薬を押しこんで務めは果たした。幸いに頭を打っていなかったので、アタマとクチのほうはだいじょうぶだった。だが演壇に車椅子で登場した姿を見た聴衆は、びっくりしたようだ。テーマは「おひとりさまの老後」。みなさんもいずれこうなります、と演題にふさわしい登場だったが、実際に自分がそうなってみるまで、リアリティがなかったことに気がついた。

聴衆に看護師さんがいて、さんざん脅かされた。「痛みは今日より二日後、三日後につよくなります」「頭を打っていないといっても脳内出血してあとから麻痺が出てくることもあります」「帰ったらもう一度受診してレントゲンをとってもらってください」……そのとおりにした。腰椎圧迫骨折の診断を受けた。整形外科の医者に、「飲み薬の痛み止めは効かないでしょ」と言われて「はい、効きません」と答えた。知ってるのなら処方するな、と思ったが、代わりに坐薬の処方箋をもらった。それが効いているあいだだけ、正気でいられた。骨折に医者ができることはほとんどない。コルセットと湿布薬と鎮痛剤、この三点セットで日にちぐすりを頼りにするだけだ。

「どのくらいかかりますか？」「三週間はかかります」、そう言われてちょうど三週間めの外出だった。あまりに気持ちがうっとうしいので、秋晴れの午後、近くの花屋までリハビリがてら花を買いに行こうと思ったのだ。そろそろと歩きだして、手すりがない街路をおそるおそる歩く。段差がないか注意深く目配りし、ひとにぶつからないか不安が募る。そのわたしのそろそろとした足取りを、後ろから来たひとたちが、老いも若きもつぎつぎに追い抜いていくのだ。

いずれは、と言いながら、その「いずれ」はわたしの想定のなかにはなかった。このけがが腰椎骨折や頸椎骨折のような致命的なもので、下半身麻痺などでこの先二度と動けないとしたらどれほどの絶望感だったろうという思いがちらりとよぎる。覚悟も何もできていなかった。治ると言われてそれを期待できることが、どんなに幸運だろうか。予約した今年のスキー場のシーズン券が頭をかすめる。今年はスキーができるだろうか？　快晴の秋天を見て、暑くなく寒くなく、いまがいちばんお散歩にいい季節なんだけどなあ、とウォーキングシューズをうらめしく眺める。

周囲の友人たちにこの転倒事故の話をすると、わたしも、わたしも……と転倒経験がつぎつぎに出てくることに驚いた。年上の女性からは「これであなたも転倒組のお仲間入りね」と宣告された。そうだったのか、いずれは誰もがたどる道とは。転倒はいつでもどこでも予期せぬところで起こる。室内でも起こる。カーペットの〇・五ミリの段差でも起こる、すわっているだけで圧迫骨折になることもある。骨を折ったの、腰をねじったの、手をついて肩を痛めたの、前のめりに倒れて顔を打ったのと、転倒百貨店の品ぞろえもさまざまだ。

それにしても痛みは気持ちを萎えさせる。視界にもやがかかったように気持ちが晴れない。眉間に縦皺が寄っているのがわかる。食欲もなくし、入浴する元気もなくなった。靴下を穿くにも難儀した。寝返りを打つたびにうめいた。これが続けばどんなにか神経がまいるだろうと思った。聞いてはいた、知ってはいたつもりだった。だが他人の痛みはしょせん他人の痛みだった。あのとき、あのひとはこの痛みに耐えていたのか、ガン末期のあのひとは、鎮痛剤を使いながらわたしに会いに来てくれたのか、とあれこれのシーンを思いだす。

しごとはほとんどオンラインに切り換えてもらった。「アタマとクチはだいじょうぶですから」と応じたが、どうしてもテンションは下がる。「あなたの場合は、ちょっと下がったぐらいがちょうどいい」と言うひともいる。いろんなひとがいろんな忠告をくれた。「いったいどうしたの?」と訊かれて、「説明するのもつらいから言いたくない」

と答えたら、「あら、言えばラクになるわよ」と言われた。そのとおりだった。

言いふらしたわけではないのだが、たくさんのひとに助けてもらった。「食べてますか?」とレトルト食品の宅配便が届いた。お買い物も手伝ってもらった。手作りのポトフを届けてくださる方もいた。鮨折りの差し入れもあった。カルシウムを摂りなさいと手製の絶品ちりめん山椒が届いた。漏れ聞いた元教え子からスイートなお見舞いが来た。腰痛に苦しんだことのあるひとから、愛用しているというクッションが通販で届いた。気分の上がる華やかな盛花も届いた。

「だいじょうぶ?って尋ねたら、あなたはきっとだいじょうぶ、って答えるから、今回は病人でいなさい」と言われて「病人モード」で過ごすことにした。「だいじょうぶ?」って訊かれたら、「だいじょうぶじゃない」と答えることにした。病人になってみると、他人の親切が身に沁みた。そして自分がこんなに周囲に恵まれていることに感謝した。

今日でちょうど転倒から三週間である。この骨折はいずれ治るだろう。痛みは退いてきてこのところ鎮痛剤を使わずにすんでいる。だが、次に再び転倒するのはいつだろう。そうやって転倒をくりかえしてやがて回復しない転倒が来るのだろうか。それはいつのことだろう。この転倒はその予行演習のような気がする。

おひとりさまのつきあい

高橋千鶴子さんが亡くなった。

清水焼人形作家。京は東山、清水寺に上る参道の途中にある清水焼の老舗の長女。店は弟夫婦に任せて、清水焼とはひと味違う人形をお店に出していたおひとりさま。若いとき、店先に飾ってあった愛らしい土人形のブローチを、ひと目見て魅了された。

学生時代には、祇園から二年坂、三年坂を歩いて清水寺まで散歩、帰り道にその店に立ち寄るのが楽しみになった。貧乏な学生だったので、大物の人形は買えないが、小物がひとつ、ふたつと増えていった。

あるとき、その作家が高橋千鶴子さんという名前で、わたしが出入りしていた現代風俗研究会の会員であることを知った。現代風俗研究会とは、京のおもろいもん好きが京都大学の内外から集って、一見なんの役にも立たないことを研究するあつまりである。創ったのは人文科学研究所にいらした仏文学者の桑原武夫さん。そこに鶴見俊輔さんや多田道太郎さんなど、京都学派のリベラルな先生たちが集っておられた。ここから生まれた成果には、熊谷真菜さんの『たこやき』(リブロポート、一九九三)や、永井良和さんの『社交ダンスと日本人』(晶文社、一九九一)などがある。「タコヤキスト」を名のる熊谷さんは、その後、日本コナモン協会を設立した。たこやきについて蘊蓄を傾けたからといって、それが何になる？　何にもならん、何にもならんが、おもろいやないか、といういちびり精神にあふれていた。しろうとくろうと入り交じって談論風発、権威主義のかけらもない、楽しい知的サロンだった。

ちなみにわたしはこの会で、研究中だった春画をスライド付きで報告したことがある。まだ春画公開のタブーが解けず、場合によっては「わいせつ物陳列罪」でお縄、という可能性もあったから、部外秘のクローズドなあつまりである。会場は法然院の講堂、お寺の境内で春画をお見せするというのも、乙な趣向だった。その場におられた多田さんが、「若い女性のレクチャーで春画を見る時代が来るとはねえ……」(わたしはまだそのころ、若かった)と感に堪えない様子で感想を漏らされたのを、覚えている。

わたしたちは現代風俗研究会のことをゲンプーケンと呼んでいた。そのゲンプーケンの会長に、いつのまにか高橋さんが就いていた。めんどうなだけで一文のトクにもならない会長職を、気のいい高橋さんは、きっと断れなかったのだろうと思う。そのころ、わたしはすでに京都を離れていて、ゲンプーケンの会合にも総会にも出席できる状況ではなかったから、退きどきかと思ったが、高橋さんが会長職にあるあいだは、応援のつもりで会員を続けようと決めた。

高橋さんには、同じ千鶴子つながりで、親しみを感じていた。高橋さんも親しみを感じていてくださったのだと思う。清水寺へ行った帰りには、お店に立ち寄って、立ち話をするのが楽しみだった。

その高橋さんから、新年に干支《えと》の土人形が送られてくるようになったのは、いつのころからだっただろうか。小箱をぎっしりと埋めた詰め物をていねいにはがしていくと、なんとまあ、てびねりの味のある愛らしい動物たちがつぎつぎに出てきた。それも一匹ではなく、親子、カップル、家族など大小とりまぜて出るわ出るわ。酉年には、金色のとさかを立てた雄鶏に、ひよこを連れた雌鶏がいた。亥年には、親猪の傍に、ちびのうりぼうが何匹も。巳年にはねじりん棒みたいなぐるぐる巻きのちっとも怖くない蛇のカップルが。辰年には、ロールケーキみたいに粘土板を巻いた愉快な龍が届いた。彼女はスキーも好きで、手紙のやりとりには、互いのスキー情報を書き送ったが、子年《ねどし》には、スキー板を履いたねずみがやってきた。子《ねずみ》はわたしの干支、年女だった。いっしょにスキーに行きたいね、と言い交わしていたのに、それもできなくなった。

毎年、工夫のある干支の動物人形が送られてくるのを心待ちにしていたが、干支が一巡したあと、次はどうするんだろう、と思った。今度はどんなアイディアが、高橋さんのてびねりのなかから生まれるのだろう？

そう思った矢先の訃報だった。ゲンプーケンからの案内を見て、愕然とした。闘病中とは聞いていなかった。死因も逝去の日付けも書いてなかった。部屋にある干支人形の動物たちのコーナーを見つめて、もうこの先、この動物たちは一点も増えないのだ……と断ち切られた時間を思った。

こういうときは、どうしたらいいのだろう？

ご親族は存じ上げないし、葬儀はとっくに終わっている。せめて自分ひとりで喪に服したいが、何をよすがにすればいいのだろう、と途方に暮れる。

おひとりさまの友人の訃報に接したとき、そのひとの家族や親族について何も知らないことに驚かされる。いや、おひとりさまだけではない。家族持ちのひとでも、家族ぐるみでつきあったりしていないので、夫にも子どもにも面識がなく、連絡先を知らない。

もう若くない友人とふたりでいるとき。たったいまこのひとが目の前で倒れたら、いったい誰に連絡すればいいのだろう、と不安になる。救急車を呼んだり、病院にかつぎこむくらいはできるが、親族でないわたしは、「ご関係は？」と訊かれたら何と答えたらいいのか。

それに日本の制度では、入院や手術のときの同意書も家族でなければ書けないし、そもそも死亡届も原則家族でなければ提出することができず、それがなければ火葬もできない。最近では家族に代わって身元保証をしてくれる団体も生まれたが、それだって事前に契約しておかなければならない。

年上のおひとりさまの友人からは、ときどき今年の正月は妹一家と過ごすとか、妹といっしょに旅行に行くとかの連絡が届く。とすれば、彼女と妹さんの関係は悪くないことがわかるが、その妹さんと会ったこともなければ連絡先も知らない。

母が存命中、実家に帰ると母の話題は、親族縁者の近況だった。姪のだれそれが結婚し、甥の家に第二子が生まれ、大伯母が亡くなり、その孫息子が有名大学に入った……と。顔も思いだせない親族のだれそれの動向には何の興味も持てず、うわの空で聞いて、母の声は耳をすり抜けた。母の世代の女たちは、地縁・血縁の網の目のなかにしっかりと編みこまれて生きていたから、その世界のできごとが関心事だった。

そう思えば、わたしの友人たちとは地縁も血縁も離れて、個としてつきあってきた。夫やパートナーの話題も出てこない。四十年もつきあってきた女性が、最近夫を亡くしたと聞いて、彼女が既婚者だったことを初めて知った。彼女の話題に夫の影が射さないので、おひとりさまだとばかり思っていた。彼女の人生によほど夫の影が薄かったのか、それとも夫や子の話題を避けたのは、おひとりさまのわたしに対する彼女の配慮だったのだろうか。

こういうとき。日本がカップル文化でなくてよかった、と胸をなでおろす。わたしはあなたと友だちになりたいけれど、あなたの夫と友だちになりたいわけではない。あなたの夫がいるところでは話せないことも、話したくないこともある。それに男がいるところでは、場を仕切りたがる男の習性がつい出るのも、まっぴらごめんだ。

夫や子どもの話題が出なくても、話したいことは山のようにある。そういうつきあいをしてきた女友だちが、しだいに年老いる。またね、と言って別れるときに、その「またね」がほんとうにあるだろうか、という気分がふとよぎる。そういうときだ、あなたの身近なひととの連絡先のリストを、わたしに教えておいてね、と口にするのは。そのリストはまだ届かない。

上野千鶴子基金設立　「恩送り」へ

わたしは後期高齢者になった。人生も後ろから数えるほうが早くなり、周囲では同世代の訃報が聞かれるようになった。心身ともに自由がきくのはあと十年ばかりだろうか。

ひとよりたくさん働いた。そのおかげか、ひとよりたくさん収入があった。お金のために働いたのではないが、宝飾品にもブランド品にも興味がない簡素な暮らしをしているから、お金が残った。家族はいない、遺産を残す子どももいない。きょうだいはいるが、幸いにして安定した暮らしをしている。親族の金をあてにするようなひとたちではない。遺書は早くから書いた。書いては何度も書き直した。銀行に個人信託を勧められた。「個人は死にますが、法人は死にません」という殺し文句にぐっときた。

死んでからお金を使うより、生きているあいだに使いなさいな、という友人のひと言に心が動いた。あれこれ考えた結果、財団法人を設立することにした。名称は上野千鶴子基金。自分の名前を冠するのはおこがましくもあったが、ヨコ文字やカタカナよりは、わかりやすい。あなたの名前はもうブランドなんだから、名前を冠したら何のための基金なのか、説明しなくても通じる、使わない手はない、と、こちらも友人のアドバイスが効いた。

二〇二三年はフェミニストの英文学者だった畏友、竹村和子さんの十三回忌にあたる。彼女の遺したお金で竹村和子フェミニズム基金が発足。十年で原資を使い切って財団を解散した。それまでに助成してきた事業は計七十六件。若手の陽の当たらないジェンダー・セクシュアリティ関連の研究や出版に助成をしてきた。そのバトンを受け継ぐ気持ちもある。理事を引きうけてくださった方たちのためにも、使い切りで期間限定がよい。継続性など考えない。

功なり名遂げたひとへの顕彰事業はしない。これから育つ無名の人材や、未知数の新しい研究テーマ、伸びていく事業へ助成したい。公平、公正、中立など、考えない。わたしが応援したいひと、応援したいテーマを選びたい。学歴、年齢、国籍、性別にこだわらない。思えばわたし自身が、どれほどのスカラシップや研究助成を受けてきたことだろうか。あのときのあれがなかったら、いまのわたしはなかった、と思える機会を何度ももらった。

設立趣旨にこんなことを書いた。

「上野千鶴子基金は公平・公正・中立などをめざしません。学歴や所属、性別や国籍も問いません」

この部分がネットでバズった。「公平・公正・中立」とはしばしば、強者や既得権益を持った側に立つことを意味するからだ。科研費の業績評価など、実績を積んだひとが、より多くの研究資金を獲得できるようになっている。

「恩送り」ということばがある。自分が受けた恩を、必要とするほかの誰かに送ることを言う。わたしには子どもがいないが、大学教師だったわたしのもとから多くの若者たちが巣立っていった。そのひとりがわたしに言った。「先生のご恩は忘れません、その恩は学生に返します」。

未知の人材から、どんな挑戦的なテーマが登場するだろうか、期待でわくわくしている。

＊財団についてはこちら
https://uenofoundation.com

才能を育てた才能　追悼 山口昌男

山口昌男さんがこの世を去った。あの口八丁手八丁のひとが、病気の後遺症でことばを奪われ、車椅子生活を余儀なくされていたとは信じられないし、信じたくない。免疫学者の多田富雄さんが、晩年、半身麻痺のからだを車椅子に預けて、公的な場に出てきておられた。あの稀代のトリックスター、山口さんにも、そうしてもらいたかった。ご自分を笑いとばすほど、きっとユーモアに満ちておられただろうから。そして老いるとはどんなことかを、全身であとから来る者たちに、示してほしかった。

と歎いても、せんかたない思いだ。ひとは肉体的な死の前に、社会的な死が来る。姿や発言を目にも耳にもしなくなって、ある日、そのひとが永遠にこの世から去ったことを知らされる。この世のどこかで、いつでもそこにいて、会おうと思えば会えると思いこむ者の甘えと怠慢をよそに。

山口さんが東京外国語大学を定年退職したのは、いまより国立大学の定年が早かった六十三歳のときのことだ。いかにも早い、と感じる。知的にも肉体的にも衰えるにはまだまだ時間がある。何度か、雑誌などの山口昌男特集に頼まれて山口さんの思い出話を書いたことがあるが、そのつど、哀しい思いをした。何を書いても思い出は過去に属し、たとえご本人の生前であっても、何やら追悼文に似てくるからだ。

そのなかから、『山口昌男著作集』全五巻（筑摩書房、二〇〇二―〇三）のパンフレットに書いた、「横紙破りのトリックスター」と題する文章を再録しよう。

山口昌男さんの著作集が出ると聞いて、全集でなくてほっとした。山口さんほど「全集」が似合わない人はいない。なにしろこの人の全貌をつかむのはむずかしい。山口さんが国史学科の出身で中世史を専攻し、人類学に転じてアフリカの大学で教えたことを知る人は少ない。それからジャンルを超えて学界、ジャーナリズム、芸能などの領域を横断して一大トリックスターとなった。横紙破りだと思っていたら、いつのまにか民族学会の会長になり、もう引退してもいい頃にがぜん地方の私立大学で教育に熱中し、学長稼業にまでのりだしていた。ここしばらくの『「敗者」の精神史』などのウラ日本史は、山口さんの博覧強記、歴史への関心、異端への共感と想像力、それにイタズラ好きの遊び心がみごとに結びついた大きな果実だ。その山口さんの、今では手に入りにくい初期の著作を読めるのはうれしい。わたしはほとんど初出で読んでるよ、と後から来る読者に言ってやりたい。

「全集」が似合わない、という当時の感慨は、いまにして思い返しても当たっていると思う。もし「全集」だったらとても五巻どころでは終わらなくて、柳田國男や折口信夫並みの三十巻を超える編成になるだろう。それに「全集」ということばには、人生を完結した、という響きがある。たとえ棺の蓋を閉じても、「完結」ということばは山口さんに似合わない。いまでも目をかがやかせて、未完のままの人生を突っ走っているような気がする。今度はあの世のフィールドワークをするぞっ、と。

一九七〇年代の日本の知的シーンは、このひとの存在抜きに語れない。というより、雑誌『現代思想』を舞台にしたこのひとの活躍によって、日本の知的状況は牽引された。新左翼の敗北のあとの暗い風景をふきとばすかのように、このひとの快活な知性は、ほんとうに機関車のような牽引力を発揮したのだ。学生運動はいくたの犠牲を出したけれど、なかでも「大学粉砕」を額面どおり信じて大学進学を拒否した「高校生共闘」のひとりに、当時の『現代思想』編集長の三浦雅士さんがいた。三浦さんにとっては、『現代思想』が最良の「大学」だったことだろう。山口さんという師を得て、毎号、テーマを変えてはひとりゼミナールをやっていたようなものだ。おそろしくぜいたくな経験だったに違いない。

日本では、フリンジ・アカデミック・ジャーナリズムを支える良質な読者層がいる。ジャーナリズムがアカデミズムを牽引し、読者を獲得していくというスタイルがこのころにつくられた。それに伴ってアカデミズムはエンタテインメント性を獲得し、コマーシャリズムまでを引き寄せた。その要の位置に、山口さんはいた。「中心と周縁」「トリックスター」などのキーワードを駆使して、学問の境界など蹴飛ばして、思想、哲学、文化から芸能まで多彩な分野に触手を伸ばしていく山口さんの活躍はめざましかった。『現代思想』は、山口さんによって見出された新しい書き手に、舞台を提供したのである。わたしもそのひとりだった。

事実『現代思想』の誌上ではじめてその存在を知り、そのしごとをおもしろいと思った同世代の研究者や著者は多い。民俗学の小松和彦さん、中世芸能史の松岡心平さん、人類学の中沢新一さん、経済学の浅田彰さん、音楽学の細川周平さんなどだ。あとになって知ったのだが、わたしがおもしろいと思った研究者たちは、それぞれの専門分野においては異端の人びとであった。

山口さんは編集者として抜群の能力を発揮しただけではない。雑多な才能を集めて、それを組織するオルガナイザーとしての能力も発揮した。わたしがこれらの才能に実際に会ったのは、山口さんが主宰する東京外国語大学アジア・アフリカ言語文化研究所の「象徴と世界観」プロジェクトの研究会の席上であった。

わたしをその研究会に初めて連れて行ってくれたのは、経済人類学者の栗本慎一郎さんである。わたしはそのころ、自分がやりたいと思うことの理解者はこの世に数人しかいないと鬱々とした日々を過ごす、食えない大学院生で、書きためた交換論の論文を栗本さんに読んでもらったりしていた。山口さんは、「おもろいやっちゃ」というだけで、わたしに居場所を与えてくれた。

わたしはそこで、座談と社交から思想と理論が立ち上がる現場に立ち会った。日本に研究者のサロン文化を持ちこんだのは、京都大学人文研の共同研究であり、これが制度化されたのが、民博や日文研の共同研究プロジェクトだが、わけても七〇年代にもっとも活気のあった研究会が、東京外大の山口さんの研究会だっただろう。その一端を味わうことができたのは、いまでも幸運だったと思う。

八〇年代のニューアカブームやポストモダン思想は、すでに七〇年代にそのなかで用意されていた。わたしの「処女喪失作」は、『セクシィ・ギャルの大研究　女の読み方・読まれ方・読ませ方』(光文社カッパブックス、一九八二)。アーヴィング・ゴフマンの『ジェンダー広告』の日本版を目指して、日本の雑誌広告をジェンダー分析した本書は、わたしの女性学的な関心と、人類学から学んだ記号論的な関心とが結びついた幸福な産物だった。この当時人類学を通じて言語学と記号論をみっちり学んだことは、のちに「言語論的転回」以後の社会科学を理解するうえで、とてつもなく役に立った。この本を世に出すにあたって、カバーのオモテとウラの袖に、推薦文を書いてくださったのが、なんと、山口昌男さんと栗本慎一郎さんだった。このおふたりに挟まれてデビューするなんていう幸運を得た著者は、わたしくらいのものだろう。

学術的な論文ではあるものの、下ネタ満載のこの本がひんしゅくを買うことは予想できたから、学問界隈の大先輩から、「キミのこの本はペンネームで出したほうがよい、アカデミック・ネームを傷つけるから」と忠告をもらったのも、いまではなつかしい思い出だ。将来の自分に、傷がつくほどの「アカデミック・ネーム」があろうとは思われなかった当時のわたしは、結局、この親切な忠告には従わなかったのだけれど。

当時関西に拠点を持っていた有名なやくざの集団にならって、山口さんは自分の仲間たちをおどけて「山口組」と呼んでいた。九人きょうだいの四番めに生まれた息子で姉たちにかわいがられて育った山口さんは、さびしがりやで人恋しい、にぎやかなことの好きなお祭り男だった。世界中に神出鬼没、電話一本で「組員」を呼び集めて、行く先々で宴会になった。なのに、ついに親分子分関係をつくらなかった。派閥も学閥もこのひとには無縁だった。でなければ、わたしのように、直接の師弟関係もなく、分野も違い、何の利害関係もない者を引き立ててくださるはずがない。駆けだしのころ、わたしはこのひとから、雑誌の原稿やシンポへのお誘いをいくども受けたが、そのつど、一回限り、と覚悟して全力投球してきた。期待に応えられなければ次はない、と思ったからである。

同じ『著作集』のパンフレットに、坪内祐三さんがこう書いている。

「かつて柳田國男に弟子なしという名言を吐いたのは他ならぬ山口昌男であるが、その山口昌男に弟子はいるだろうか」

答えは「まだいない」。

その理由は、「山口昌男のその総体を丸ごと継承する者は、いまだいない」、それほど、山口さんの存在が多彩で巨大であることによると、坪内さんは言いたそうだが、それ以上に、山口さん自身に「弟子」や「継承者」の認識がなかったからだと思う。坪内さんの「まだいない」という表現には、「これから先もけっしていないだろう」という反語が潜んでいると、わたしはにらんでいる。

山口さんはたくさんの才能を育てたが、育った者たちは、山口さんと似ても似つかないユニークな存在になった。山口さん自身がほかの誰ともとりかえのきかないユニークな才能であったように、山口さんは誰もがそのひとなりのしかたでユニークな才能として育つことを手助けしたのだと思う。ただ、そのひとのやっていることを「おもしろがる」だけで。

わたしにとって山口さんは、まちがいなく、そのひとと同時代に生きていたことを神に感謝したくなる人物のひとりである。

「男らしい」死　追悼　西部邁

西部邁《にしべすすむ》さんが自裁した。七十八歳。日本人男性の平均寿命がおよそ八十一歳だから、「若い」とも言える。しかも死の直前まで深夜におよぶ酒食をたしなみ、これといって致命的な病に苦しんでいたわけでもなさそうだから、年齢のわりに健康で体力があったと言ってもよい。

六〇年安保の闘士、左翼の活動家だった西部さんの転機はいつだったか。彼の著作のなかでわたしがもっとも好きだったのは『蜃気楼の中へ』(日本評論社、一九七九)だ。国際文化会館が創設した若手の社会科学者のための新渡戸フェローシップを受けて、二年間米英に滞在。わたしも受けたこの奨学金は、日本人がかんたんに海外に出られなかった時代に、日本の社会科学者に世界へと目を開かせる大きな貢献をした。三十代に入ってから副題にある「遅ればせのアメリカ体験」をした著者の米英滞在記は、清冽な叙情に満ちていた。渡米前に著した『ソシオ・エコノミックス』(中央公論社、一九七五)も「経済人(ホモ・エコノミクス)」仮説をもとにした近代経済学を根本的に批判したものだった。青木昌彦と並んで経済学の俊秀として将来を嘱望されていた経済学者は、帰国後、政治・社会的な時局発言をする保守派の論客となっていった。

西部さんが保守派を自負し始めたのは『大衆への反逆』(文藝春秋、一九八三)あたりからだっただろうか。オルテガに依拠して書かれた本書は、大衆社会論の二つの系譜、エリート的大衆社会論と非エリート的大衆社会論とのうちでは、あきらかに前者に属するもので、バブル景気につっこんでいった当時の日本の大衆社会状況に対するいらだちを、隠しようもなく示していた。

一九八八年にはあの「中沢問題」が起きた。ニューアカのスターとして注目を集めていた人類学者、中沢新一さんを東大教養学部助教授として採用する人事案が、西部さんをメンバーとする委員会で承認されたにもかかわらず、教授会で否決されるという前代未聞の事態が起きた事件である。人事委員会に対する信任が拒否されたことに抗議して、西部さんは東大教授を辞任。関係した東大教授のだれかれが弁明に努めるなど、「中沢問題」はにわかに世間を騒がせた。それから数年後に起きたわたしの東大採用人事では、再び人事で同様な「上野問題」が起きないよう、関係者の方々が神経をすり減らしておられたことを憶えている。こういう場合の出処進退の潔さもきわだっていた。

九〇年代に入ってからの「新しい歴史教科書をつくる会」への参加や、核武装をも容認する憲法改正案の提示など、わたしの立場からは容認できない言動や発言が続き、わたしはこのひとの書くものを読むのをやめた。情熱的だが、論理の飛躍や決めつけの多い文体には、辟易した。そういえば一九八七年から八八年にかけて、「アグネス論争」が起きたときに、男性論壇もこの問題に参入したが、そのなかに西部さんもいた。愛する子どもをかたときも手放したくないと連れ歩くことがOKなら、ボクは愛するペットを連れ歩いていいのか、というあきれるような茶々を入れたこともある。

その西部さんの訃報を聞いた。自裁だという。ブルータス、おまえもか……という気がした。江藤淳さんの自裁がよぎった。凍てつく冬の川に入水《じゅすい》するという足のすくむような自裁の方法も含めて、その鮮烈な自決に、男性知識人たちは粛然と声をのみこむほかなかっただろう。

だが、だが、言いたいことがある。生前それほど接点がなかったわたしは、彼の死に沈黙を守るつもりでいたが、編集部（隔月刊「表現者 criterion」）から原稿の依頼を受けたことをきっかけに、ここで書いておこう。戦後日本の男性知識人の系譜のなかに、西部さんの自裁を置くと、あまりに共通点が多すぎると感じたからだ。北米体験ののちの日本の伝統と保守への回帰。衆愚観に立った孤高のエリート主義。老いと衰えへの拒否感。妻に先立たれた悲嘆と不如意。言論人としての限界や生産性の低下の自覚。格闘してきたはずの社会の現状への、ふかい失望と怒り。あれやこれやで、見苦しい老後を見せるよりは、いっそひと思いに、と自裁を選ぶ……なんて「男らしい」んだろう！　追悼文のいくつかには「カッコいい」という表現があったが、わたしには弱さを認めることのできない男の弱さ、が露呈したと見える。

このような人間像を「近代的個人」と呼ぶのではなかったか？　そしてそれと闘ってきたのは、ほかならぬ西部さん自身ではなかったのか？　なのに、首尾一貫した「近代的個人」として、西部さんは死を選んだ。死者にむち打つつもりはない。だが、彼の死を英雄視することだけは、やめてもらいたい。

わたしの胸に去来するのは、死を選ぶほかなかった西部さんの空虚さと絶望のふかさだ。そしてそれを痛ましく思う気持ちである。

中井さんは「神の国」へ行ったのか？　追悼　中井久夫

バレンタインズ・デーにチョコレートを送る、大好きなおじさまが、わたしには三人いた。そのおひとりが中井久夫さんである。

中井さんと初めて会ったのは、岩波書店の会議室だった。シリーズ『変貌する家族』全八巻（一九九一－九二）の刊行にあたって、鶴見俊輔、中井久夫、中村達也、宮田登、山田太一という錚々たる編集委員のなかに、若輩者の女である上野を加えたのは、担当編集者だった高村幸治さんの企みである。わたしはまだ四十代のはじめだった。談論風発する編集会議は、いつも刺激的で楽しかった。こういう学校でない学校から、どれほど多くのものを学んだことだろうか。

中井さんについては、それ以前から知っていた。社会が異常や逸脱にどう対処するのかに関心を持っていたわたしは、文化精神医学に接近していた。当時の精神医学の主流は統合失調症研究で、中井さんはそのトップランナーのひとりだった。東京大学出版会から一九七二年以降十五年間にわたって計十六巻を刊行した『分裂病の精神病理』に掲載された病跡誌を、当時のわたしはどこにも行き場のない思いで、黙々と読んでいた。わたしがその後、たった一事例の逸脱的な極限型であっても、典型例として分析可能だと確信を得たのは、その経験を通じてである。また統合失調症が内因性ではなく関係の病であること、病者には病者なりの合理性があること……を学んだ。家族療法と反精神医学の時代だった。理想に燃えた若い精神科医たちが、開放病棟の運動に乗りだしていた。

そのなかで漏れ聞こえてくる中井さんの評判は、すでにカリスマ的なものだった。呼びだしに応じて、急性期の患者のもとに駆けつける。ときには患者から殴られたり傷つけられたりする危険な業務である。やがて疲れ果てて寝入りこむ患者の傍らにいて、じっと見守る。その呼吸が患者の呼吸と同期する……という伝説的な臨床現場のエピソードを聞いた。おそろしく共感力の高い治療者だと知った。もし、患者になったら……このひとに主治医になってもらいたい、と思った。

やがて著書が出るたびに恵送していただく関係ができた。わたしのほうからも著書を送った。それにバレンタインのチョコレートがついた。文章を読んで、稀代のエッセイストだと感じた。詩人であることをも知った。ギリシャ語に堪能で、ギリシャの詩人、カヴァフィスの訳詩集を送ってくださったが、原文を知らないわたしには、まるで中井さんご自身の詩集のように思えた。

精神科医と近しくなって知ったのは、治療者というものの立ち位置である。

中井さんは書いている。

「医師にあっても、医学を選ばせ、ある科を選ばせ、ある病いを専攻させるものは理知と計算と偶然のほかに暗い親和力もあるらしい。「医者はふしぎに自分が専攻している病気にかかるものだ」という「ジンクス」さえある。（中略）一般に医者の中には病いへの偏愛と畏怖とが潜んでいる」（『中井久夫集1 1964−1983 働く患者』みすず書房、二〇一七）

そういえば、精神科を専攻する医師のなかには、精神病に親和性が高い、もしくはそれに対して共感力の高いメンタリティを持った人びとが多い。近代科学が「中立的・客観的」である、とは神話にすぎない。わたしは専攻した社会学に自分の居場所を見つけることができず、退屈な学問だと思ったが、女性学に出会って目からウロコが落ちた。自分自身を研究対象にしてよい、と感じたからだ。

だが治療者と患者の関係は圧倒的に非対称である。治療者は患者に関心を傾けるが、患者は治療者に関心を払わない。もちろん患者は治療者の向き合い方には鋭敏で容赦のない視線を向ける。治療者はつねに患者から試されているが、かといって治療者が患者同様自己開示をすることなど、求められていない。

この非対称な関係は、社会学者と社会との関係に似ている。社会学者は社会のなかの逸脱や病理に偏執的と言ってよいほどの関心を向ける。だが社会のほうは、社会学者にいっこうに関心を払わない。社会学者はどちらかといえば社会のハズレ者、ロバート・E・パークのいう「境界人《マージナルマン》」であり、その立ち位置から社会を見ている。社会学者にユダヤ人が多いことは故なしとしない。社会学者にとって、社会とは、病気を治したくないわがままな患者のように見える。もちろんこの比喩は、わたしの精神医学への耽溺から生まれたものだ。

中井さんが一九九六年にジュディス・L・ハーマンの『心的外傷と回復』(みすず書房。原書の刊行は一九九二)の翻訳を刊行したのは、日本の精神医学とジェンダー研究にとって僥倖だったと思う。PTSDという概念はアラン・ヤングの『PTSDの医療人類学』(中井久夫訳、みすず書房、二〇〇一。原書の刊行は一九九五)などで、ベトナム帰還兵の後遺障害としてようやく知られるようになっていたが、男性兵士の問題として政治化されるまでは、娘の性虐待は家族の闇に閉ざされてまったく見えない問題だった。家族のなかの親密な関係、とくに実父による娘の性虐待は、精神分析学の初期にフロイトによってすでに知られていたにもかかわらず、十九世紀ウィーンのブルジョワ社会では、あってはならないスキャンダラスなできごととして封印され、あまつさえフロイト自身によって「患者の妄想」として退けられたのだ。それがのちに「虚偽記憶症候群」なる論争的な概念を生み、性虐待のPTSDが認知されるに至るまでおよそ一世紀の遅れをもたらしたことは、よく知られている。性虐待は災害や戦闘のように短時間に事件として起きるわけではない、日常化した経験である。だからこそ被害者の側の共犯性が問われた(「近親相姦」という概念はそこから生まれた)のだが、非対称な権力関係のもとで、娘に選択肢はないも同然だった。PTSDの概念は、その後、家庭内の性虐待のみならず、性暴力被害の多くに拡大した。

一九九五年一月に阪神・淡路大震災が、三月にオウム真理教による地下鉄サリン事件が起きた。PTSDという概念は、このふたつの不幸なできごとによって、一挙に日本社会に拡がった。しかも阪神・淡路大震災は、中井さんの勤め先である神戸大学の足もとで発生した。中井さんは「私は地震に指名された」(『「昭和」を送る』みすず書房、二〇一三)とまで言う。神戸大学の精神科医学教室はただちに中井さんをリーダーとして「こころのケア」に対応する医療チームを組んだ。災害PTSDに精神科医療チームが取り組んだのは、これが最初ではないだろうか。この経験は、その後、新潟県中越地震にも、東日本大震災にも生きた。

PTSDは一九八〇年アメリカのDSM-Ⅲに初めて認定された。DSM分類は病因論を避けた症候分類であるのに、PTSDだけは例外だった。なぜなら外傷性障害とは、本人に内因がなく、病因が外部にあることが明らかな症例だからである。女性の性被害が深刻なPTSDをもたらすとすれば、原因は一〇〇%女性の外にあって、女性自身にはないはずだ。ＰＴＳＤの概念は女性を免責し、男性の加害性に帰責するという、ジェンダー非対称な権力構造を問題化する視座を与える。ハーマンの翻訳者が無名の女性であれば、性暴力被害者のＰＴＳＤの認知がこれほどの影響力を持つことはなかったかもしれないと考えると、中井さんがハーマンの翻訳を買って出てくれたことは大きな貢献だった。

中井さんが大学を退職してから何年かして、神戸市郊外の施設に移られたと聞いた。なぜ？　あれだけのお弟子さんを育て、彼ら彼女らに慕われたひとが？　そこは小規模で家庭的なグループホームだと聞いた。認知症になられた中井夫人がすでに入居しておられた施設に、中井さんも共に入居なさったのだと知った。それならなおさら、周囲に認知症のひとたちばかりがいる場所で、中井さんの話し相手になるひとはいるのだろうか？

矢も盾もたまらない思いで、友人の案内で施設に面会に行った。コロナ禍前のことである。中井さんは車椅子で面会室まで出てきてくださった。あいかわらずチャーミングな笑顔、明晰な語り口だった。

わたしにとって最大のショックだったのは、中井さんのカソリックへの改宗を知ったことである。あの中井さんが？　人生の最後に神に救いを求めるなんて?!

たちどころに思い浮かんだのは、加藤周一さんのことだった。加藤さんもまた最晩年にカソリックに改宗なさった。まさか、あの「怪力乱神」を語らぬ、どこまでも明晰な近代合理主義者が？

わたしが敬愛してやまない方たちが、人生の終わりに神を選ぶことがどうしても納得できなかった。だから目をそらさずに尋ねた。

「中井さん、わたしはショックです。あなたにとって神ってなんですか？」

答えは予想外のものだった。かれは静かな声でこう答えたのだ。

「そうだね、便利なものだね」

人間を絶望に突き落とすのも、人間を救うのも、同じ人間ではないのか。精神医学という科学を専攻してきたこの傑出したプロフェッショナルは、最後に神に救いを求めたのか。神にしか救えないものがあると感じたのか？

それにしては答えは、敬虔な信仰告白からは遠かった。

中井さんは「神の国」へ行ったのだろうか？　それとも……。

精神病は人間という存在の謎でありつづけている。その謎に取り組む治療者たちは、次の世代にもつぎつぎに生まれている。治療者とは、ぎりぎりのところで宗教者との境界に踏みとどまっている人びとではないのか。

中井さんは大きな「謎」を残して去った。

戦後最大の女性ニヒリスト　追悼 富岡多恵子

戦後最大の女性ニヒリスト、と富岡多恵子さんを呼んだことがある。女はニヒリストにならない、なれないって？　そんなことはない。富岡さんを見たらよい。同棲や結婚をしたが、ついに子どもをつくらなかった。単独者としての生をつらぬいた。

その富岡さんが八十七歳で「老衰」で死亡とは。にわかには信じがたい。女性の平均寿命が八十七・五七歳、九十歳の時点で生きている割合が五二・〇％の今日、「老衰」とは天寿をまっとうし、死因が特定できないという意味である。病気で闘病中とは、聞いていなかった。

まだウーマンリブもフェミニズムもなかったころ。そうとは名のらないが、確実におんなの言葉をわたしたちに届けてくれる数少ない女性の書き手がいた。そのひとりが富岡さんだった。わたしの前にいて、わたしが魂をつかまれ、わたしの血となり肉となったことばたち……そんなことばを発した先人を論じて『〈おんな〉の思想』（集英社インターナショナル、二〇一三／集英社文庫、二〇一六）に収録した。そのなかに含めた五人の日本女性が森崎和江、石牟礼道子、水田宗子、田中美津、富岡多恵子である。副題に「私たちは、あなたを忘れない」とつけ加えたのに、四十代の女性たちにこのなかで知っているのは石牟礼道子だけ、と返された。富岡さんを記憶している読者は、少なくなった。

富岡さんはリブを名のらなかったが、リブの伴走者だった。一九七二年、日本のリブが優生保護法改悪阻止で盛り上がった年に、『わたしのオンナ革命』（大和書房）でリブへの共感を表明した。八四年の『藤の衣に麻の衾』（中央公論社）では、「女がオトナになって、「他にすることがないから」子供を生む」と喝破した。いまなら炎上必至だろう。子を産んだ女がこう言うのはまだよい。子を産まなかった女がこんな言葉を口にするのは、タブーだった。犀利でクール、そして大阪人らしいホンネで、ミもフタもない真実を口にした。なのにシャイな人でもあった。

富岡さんは詩人として出発した。上方の語りや口承を受け継ぐ声の詩人として現代詩に風穴を開け、のちの伊藤比呂美などの若い女性詩人に影響を与えた。人口に膾炙することを通じて、なぜ詩は歌謡曲に嫉妬せずにいられるのか、と問うた。その後、「うたの別れ」を経て散文に転じ、七三年の『植物祭』（中央公論社）、七四年の『冥途の家族』（講談社）でつぎつぎに文学賞を受賞、「女流作家」としての地位を確立した。その後書かれた『芻狗』（同前、一九八〇）は中年女が若い男性を誘惑する単独者のセクシュアリティを描き、また『波うつ土地』（同前、一九八三）では開発で解体していく自然を背景に母性の崩壊を描いて、加藤典洋の『アメリカの影』（河出書房新社、一九八五）に大きな影響を与えた。

歌舞伎、浄瑠璃などの語りものに通暁し、六九年に公開された篠田正浩監督作品『心中天網島』では脚本を篠田、武満徹と共同で執筆し、近松心中物におどろくべき再解釈を与えた。紙屋治兵衛が入れあげた曾根崎新地の遊女、小春との情死事件に題材をとったこの人形浄瑠璃は、妻のおさんと遊女小春の「女の義理」が優柔不断な夫、治兵衛を心中へと追いあげていく、いまで言う「女のエイジェンシー（能動性）」が強く印象に残った。おさんと小春を篠田監督の妻、岩下志麻が二役で演じたのも、二人がいわば分身であることを象徴していた。富岡さんには『近松浄瑠璃私考』（筑摩書房、一九七九）があるが、そのなかの「曾根崎心中」の解釈も斬新である。騙されて金を失い進退窮まった醬油問屋の手代、徳兵衛は恋仲の遊女お初を道連れにするが、富岡さんの解釈ではむしろ苦界を逃れるために死出の道行きを選んだお初に、徳兵衛が覚悟を迫られたと、ここでも「女のエイジェンシー」が際立つようになっている。いまで言う、フェミニズム批評の面目躍如である。

富岡さんにはフェミニズムの女性本質主義への批判もある。「性差別からの真の解放は、女であればそのことが即ち「平和」側にいるというような素朴平和主義が許されなくなることである」。

日本のフェミニストのあいだで起きた「女性兵士論争」に先立つ、鋭い指摘だった。

その富岡さんが、心理学者の小倉千加子さん、社会学者のわたしと共著で出したのが『男流文学論』（筑摩書房、一九九二／ちくま文庫、一九九七）である。わたしは『新編 日本のフェミニズム11 フェミニズム文学批評』（岩波書店、二〇〇九）に富岡さんのエッセイ「死語となる言葉」を収録したが、その「死語となる言葉」とは、吉本隆明がうかつに使った「女流」という言葉だった。「女流文学」があるなら、オマエたちはせいぜい「男流文学」にすぎないと、文壇という名の池に外から石を投げこむような無謀な試みだった。著名な「男流」作家の作品を「おもしろくない」と言うと、「おまえは文学がわかっていない」と言われた時代だ。

最初編集者から企画を聞いたときには、にわかに信じがたかった。富岡さんの口から直接話を聞かなければ返事できない、と答えた。フェミニズム批評の黎明期だった。誰もやらないならわたしたちがやろうと考えたが、小倉さんとわたしは文壇のアウトサイダー、何を言ってもとりあってもらえない代わりに、傷もつかないだろう。だが、富岡さんは違う。富岡さんは朝日新聞の文芸時評の、河野多恵子さんに次いで二人目の女性執筆者になったひとだ。作家としてだけでなく批評家としても声価が高かった。その彼女にリスクを負わせることになるのではないか……が、わたしの懸念だった。

予想どおり、『男流文学論』は注目を集めた。男性評論家たちの反応は狼狽と憤激、わけても柘植光彦《つげてるひこ》の書評には爆笑した。それにはこうあった。

「大学院クラスの富岡氏と、にわか勉強ながらよく予習してきた大学生という感じの上野氏と、予習不足で思いつきばかり言っている高校生みたいな小倉氏」と。

その後、端倪《たんげい》すべからざる文芸評論家、斎藤美奈子によって本書は日本文学史に残る「事件」と評価されはしたものの、「井戸端会議」すなわち「この男、女がわかっていない」「女はこんなものじゃない」と言うだけの素人談義に終わったと評された。だが本書の議論はそんなにナイーヴでも粗雑なものでもない。担当編集者の藤本由香里さん（現・明治大学教授）は国会図書館に通って対象作品に関する同時代の書評や評論を毎回段ボール箱一杯分送りつけてきた。わたしたちは事前に周到な準備をして参加したのだ。

その後、富岡さんは『中勘助の恋』（創元社、一九九三）、『釋迢空ノート』（岩波書店、二〇〇〇）、『西鶴の感情』（講談社、二〇〇四）などの評伝で、読売文学賞、毎日出版文化賞、大佛次郎賞などの大きな賞をつぎつぎに受賞した。どの作品もセクシュアリティに踏みこんだ大胆なものだったが、わたしは彼女が小説の世界に戻ってきてくれないことを、残念に思っていた。富岡さんの小説をもっと読みたい……という欲望を抑えられなかったからだ。

富岡多恵子さんは戦後文学史のなかで唯一無二の存在である。忘れられてよい作家ではない。

わたしたちはあなたを忘れない　追悼　森崎和江

森崎和江さんが亡くなられた。

かつて『森崎和江コレクション　精神史の旅』全五巻（森崎二〇〇八―〇九、藤原書店）が刊行されたとき、頼まれて推薦文を書いた。

まだリブもフェミニズムもなかった頃。

おんながおんなの経験を語るおんなだけのことばを、喉から手が出るほどほしかった。そこに蜘蛛の糸のように降りてきたのが、森崎さんの紡いだことばだった。ジェンダー、セクシュアリティ、ポストコロニアリズム……最近になってカタカナで知られるようになった知識のすべてが、自前のことばで語られ、生き抜かれている。

このひとには、男のつくった学問も外国からの輸入学問も必要なかった。

このひとからどれほどの影響を受けたことだろう。植民者として朝鮮のひとと風土に育まれたこととの原罪意識。植民地朝鮮の男たちの視姦的なまなざしが彼女を女にしたこと。戦争中に英霊になれない屈辱を少女が味わったこと。妊娠中のおんなが「わたし」という一人称を使えなくなったこと。出産して身ふたつになったとたんに、赤児に「あなたはだれのものでもない　あなたは　ただ　あなただけのもの」と呼びかけたこと。閉経してからの性を、「子をなさなくてもよいのびやかな性」と見なしたこと。……女が自分の経験をこんなに繊細に、そして犀利に表現したことがあっただろうか。

植民地朝鮮で生まれ、異郷であった日本で敗戦を迎えたとき、これまでの男のことばを一切信じまいと決意した。女とは何かに向きあい、女とは何者かを世に伝えるために書いた。植民者であった歴史に向きあい、日本とは何かを探し求めた。

女とは誰か、日本とは何か、を考えるとき、森崎さんの格闘したことばの数々が、わたしの前にあった。それがどんなに救いだったことか。

日本のリブ以前に、森崎さんという女性がいて、たったひとりで徒手空拳の格闘をしてくれていたことを知って、どんなに励まされたことか。

うんと若かったころ。

未知のひとだった森崎さんに宛てて、長いながい手紙を書いた。持ち歩いて、ついに投函せずに終わった。男との葛藤に苦しんでいた。

同じころ、わたしと同世代の女たちのなかには、大きなおなかをかかえて、森崎さんの筑豊の家を訪ねた者もいた。予告もなしに訪れた彼女たちを森崎さんは黙って受けいれ、食べさせ、泊まらせた。息子さんの話によれば、家にはいつも見知らぬひとたちがいた、という。

若い女たちは、行き暮れていた。

「わたしも行き暮れていたのよ」と森崎さんは言う。

それから二十年後。一九九〇年になってわたしは初めて森崎さんと対面した。創刊したばかりの『ニュー・フェミニズム・レビュー』（学陽書房）の第一号、「恋愛テクノロジー」と題した特集号の責任編集者として、巻頭の対談に臨んだのだ、それも「見果てぬ夢　対幻想をめぐって」というタイトルで。

対談の冒頭でわたしは「森崎さんの評伝を書きたい、書くのはわたししかいない」と発言した。そう言っておけば、ほかの人を牽制できるだろうと思った。その後、内田聖子さんによる評伝『森崎和江』（言視舎、二〇一五）が出たが、もちろんわたしは満足していない。内田さんは谷川雁に惹かれ、あとから谷川のパートナーであった森崎に出会った。自分の身体の内側を削り取るような切実さがない。森崎さんの評伝はまだ誰にも書かれていないと思う。わたしにも書けるとは思わないが、この先、いったい誰が書くだろう？

評伝は書けなかったが、のちに『〈おんな〉の思想　私たちは、あなたを忘れない』のなかの一章を森崎さんに割いた。「わたしの血となり肉となったことばたち」を得た読書体験を記すのに、森崎さんを欠くことは考えられなかった。全貌を論じることは断念して、一冊の本を選んだ。『第三の性』（三一書房、一九六五）だ。そのなかで、彼女は妊娠中のある日、なにげなく使っていた「わたし」という一人称が使えなくなるという経験を語る。

この経験を彼女はくりかえし他の著作でも書く。

ある日、友人と雑談をしていました。私は妊娠五か月目に入っていました。笑いながら話していた私は、ふいに、「わたしはね……」と、いいかけて、「わたし」という一人称がいえなくなったのです。（中略）「わたし」ということばの概念や思考用語にこめられている人間の生態が、妊婦の私とひどくかけはなれているのを実感して、はじめて私は女たちの孤独を知ったのでした。それは百年二百年の孤独ではありませんでした。また私の死ののちにもつづくものと思われました。ことばの海の中の孤独です。

（『いのち、響きあう』藤原書店、一九九八）

わたしはそれを「〔産〕の思想」と呼んだ。そして思い知ったのだ、男たちの培ってきた思想がどれもこれも「死の思想」または「死ぬための思想」であることを。孕むことも産むことも動物的な自然だと考えられてきた。女はただ黙って家畜のように孕み産んできたわけではない。ことばがない、ことばが圧倒的に足りないのだ。なぜなら女を取り囲む「ことばの海」はすべて男ことばばかりだったから。それを森崎さんは女の歴史的な「孤独」と呼んだ。

男たちが「俺は」というときの個体で完結する「単独な我」を指して、彼女は「一代主義」と呼ぶ。対談のなかにこんなやりとりがある。

上野　（前略）「産」の思想というものが無い、無いとすれば誰かが作る必要がある、それを作るのは誰だろうか、私もその一翼を担うのだろうか、と思ったこともあるけど。

森崎　ええ、担うべきでしょうね。

上野　でも、現に私は産まない女になって……。

と言ったときのことだ。森崎さんは突然激してこう返したのだ。

森崎　そんなの関係ないでしょう！　私、そういうこと言ってるのと違いますもの、ね。そう言ってしまえば、男はみんな同じことを言って逃げますよ。そんなことと違うんだよ。ねえ。そうじゃなくて。そりゃ、男と一緒にやりたいことって対しかないですよ、対幻想がどこに依拠しているかと言うと、そういうふうにして、対であることによって新しい生命——次の時代——に具体的につながる行為がもてるってことでしょ。産まんかったら対の思想化を感じなくていいって言ったら、私怒っちゃう。泣く。そういうことと違う。

そのときの森崎さんの口ぶりを、わたしはいまでも覚えている。

「それは思想の問題ですね。経験の問題ではないんですね」と返したわたしに、森崎さんは「女たちの思想の弱さ、ようするに言語化の弱さ」だと指摘した。

わたしひとりが産んでも産まなくても、生命は続く。わたしが死んだあとにも、世界は残る。

あとになってわたしはそれを「生き延びるための思想」と呼んだ。そしてそれを長い教員生活の掉尾を飾る最終講義のタイトルにした。

そのなかでこう述べた。

こんなふうに言った人がいます。「生きるために思想はいらない。死ぬために思想はいる」。だが、わたしたち人間の間違いは死ぬための思想ばかりをつくってきたということではないでしょうか。

わたしたちは生き延びるためにこそ、言葉と思想を必要としています。

（『生き延びるための思想 新版』岩波現代文庫、二〇一二）

わたしはわたしの前を歩いた女たちから、その言葉と思想を受け取ってきました。わたしの前の女たちから受け取ってきたものを、みなさんがたにお渡しすべき時期がわたしにもまいりました。（中略）バトンというのは受け取ってくれる人がいなければ、そこに落ちてしまいます。わたしは前の女たちから受け取ったものを、みなさんがたにこうやって受け渡したいと思います。

わたしの最後の言葉はこれです。

……どうぞ、受け取ってください。

わたしのことばの背後には、森崎さんの声が残響している。

わたしはこの講義をこのように締めくくった。

同じ歌を、違う声で、何度でも、いつまでも歌い継がなければならない。なぜなら、わたしは、わたしたちは、たしかに受け取ったのだから。

子どもを産んだあと、彼女はふたりの子を連れて婚家を出た。三井三池闘争の工作者、谷川雁と同居するために。性愛と思想とを少しのごまかしもなく結びつけるために。

「ぼくらの子どもを産もう」と言う谷川を拒んで、彼女はこう言う。

「もうわたしたちにはふたりの子がいるじゃないの」

誰が産んだ子どもでも、子どもは子どもだ。そして生まれ落ちたとたん、「あなたはただ　あなただけのもの」、誰のものでもない。たったいま自分たちはふたりの子どもを育てている、それでじゅうぶんではないか、そうやっておまえは父になれ、と彼女は男に要求した。

だが、炭鉱闘争のさなかに、身体を張って実力行使する大正行動隊の男性労働者が同じ労働者仲間の女性を強姦殺人するという事件が起きる。警察権力と対峙する緊張のなかで、リーダーである谷川は組織防衛のために事件を隠蔽し、加害者を除名して終わる。「女の抱き方を知らん労働者は、本質に於て労働者をしめ殺しよる。それをかくして何が家族ぐるみね」「女に関することは闘争と別と思っとろう」（『非所有の所有』現代思潮社、一九六三）という森崎さんの必死の訴えは、谷川に届かない。「たかが強姦ごときで……」「大事の前の小事」として、女の声は葬り去られる。

からだは正直だ。このときから彼女は谷川に対してからだがひらかなくなる。三井三池闘争の敗北の後、谷川は東京へ去った。わたしには、谷川が「性の争闘」の現場から耐えきれずに逃げだしたと見える。谷川ならずとも、どんな男が彼女の全身全霊をかけた対決を、逃げずに受け止めることができただろう。

対談のテーマは「対幻想をめぐって」だった。吉本隆明が『共同幻想論』（河出書房新社、一九六八）で提示した「対幻想」という概念について、「性が政治に匹敵すべき問題だというのが「対幻想」という観念が提起した衝撃」だったと対談のなかでわたしは語っている。森崎さんは吉本が「対幻想」ということばを生みだしたことを「ありがたい」ことと述べて、「女性解放は対の解放だというところへ私自身が入り込んで」いったと言う。「対の解放」とは、いまのことばで言えば、「男と女の関係の解放」というべきだろう。そして「対を生きてくれ」と男に要求するのは「男の戦列から脱落してくれっていう要求」と同じだった。

対談には「見果てぬ夢」というタイトルがついていた。わたしはようやく夢から覚めようとしていた。それは見果てぬ夢、不可能な夢だったかもしれない……と述懐するわたしを森崎さんは肯定してこう言ったのだ。

森崎　（前略）自由になりたくて、対はその方便だったかもしれませんよ、私にとっては。

命がけで対の思想を生きようとしたひとのこの言葉を聞いてわたしは衝撃を受けたが、なるほど、対であることより自由であることのほうがもっと大事だったのだと、いまならわかる。

一九五九年に創刊されたこのひとの編集によるミニコミ誌『無名通信』を、ご本人の同意を得て、わたしが関わる認定NPO法人ウィメンズアクションネットワークのサイト上にある「ミニコミ図書館」に収録できたのがわたしの誇りだ。なぜ「無名」かと言えば、「母・妻・主婦」という女に割り当てられた指定席をすべて返上したい、という思いがこめられていたからだ。

その創刊の辞にこうある。

わたしたちは女にかぶせられている呼び名を返上します。無名にかえりたいのです。なぜならわたしたちはさまざまな名で呼ばれています。母・妻・主婦・婦人・娘・処女……と。

（『無名通信』一号）

リブの女たちが、「婦人」も「女性」も拒否して、あかはだかの「おんな」という呼称を選ぶに至った過程に先駆けた声が、ここにも響いている。

一九七六年、それまで一部の読者にしか知られていなかった森崎さんは『からゆきさん』（朝日新聞社、一九七六／朝日文庫、二〇一六）で大ブレークした。それまでの自分だけのことばを手探りで求めるようなやや生硬な表現は、誰にでも通じるやさしい文体になった。わたしは森崎さんの文体が変わった、と感じた。文体の変化は読者の層を拡げた。その後九三年に、さらに『買春王国の女たち』（宝島社）を出した。

男と女の関係の歪みは、買春に典型的にあらわれる。「対の解放」をめざした彼女が、昨今の「セックスワークはワークだ」という皮相な議論を聞いたら、どう反応するだろうか？

きっと「女の抱き方を知らん男は、本質に於て人間をしめ殺しよる」と言うだろう。「女の解放と自由というとき、犯しあうことのない性の空間が現実につくれるか」と問いつづけたひとなのだから。セックスワーク論はリアリズムにもとづいている。だが現実を追認するよりも、女性解放の理想を手放さないほうがよい。理想を手放したとたん、あらゆる思想は堕落するからだ。セックスワークを否定しても、娼婦を差別したことにならない。森崎さんほど慰安婦やからゆきだった女性たちに、深い同情と敬意を払ったひとはいないのだから。

森崎さんは、壮健とはいえないからだを押して、全国の辺境を訪ね歩いた。島へ、海へ、半島へ。彼女は移動する民、周辺にいる人びとに関心を持った。炭鉱町で出会った地下を生きる鉱夫たちやそこで生きる女たちも、流浪する人びとだった。そしてそのなかに日本の原像を探し求めた。やさしさと勁《つよ》さ、生き延びる知恵が、かれらのなかにあった。

晩年、森崎さんは施設に入って過ごされた。認知症だったという。

あれほどのひとが、とことばを失った。息子さんからのお手紙にこうあった。

「母はいま、森崎和江からも降りて、おだやかに過ごしております。」

対談のなかで、ご自分の過去の発言を覚えておられない森崎さんに向かって、わたしはこう言った。

「私が、あなたを覚えています。私があなたを覚えている間は、あなたは生き続けています」

『〈おんな〉の思想』の副題、「私たちは、あなたを忘れない」はここから来ている。

森崎さん、あなたが日本の近代思想史に残した巨《おお》きな足跡をわたしたちは覚えている。たとえそれを男たちが「思想」と呼ばなくても、それはたしかに女ことばで紡がれた自前の思想なのだ。

森崎さん、あなたがわたしたちの前を歩いてくれて、ほんとうにありがとう。

わたしは、わたしたちは、あなたを忘れない。

ごまかしを許さないきびしさ　追悼 西川祐子

祐子さん。

そう口に出してみるとあなたの不在が身に沁みる。このひとがいなくなったら……と想像するだけで胸がしめつけられるような気がする……。祐子さんは、わたしにとって、そんなひとのひとりだった。

ここ数年、外にお誘いしても、出るのが難しいと不調を訴えておられた。

いずれは、と覚悟していたが、その日がとうとうやってきた。

困ったとき、判断に迷ったとき。祐子さんならどんなふうに考えるだろうか、と思ってきた。穏やかだが辛辣な物言い、鋭い人間観察眼、ねばりづよく原点を踏みはずさない思考……このひととの会話をどれほど楽しんだろう。

西川祐子さんとは一九八〇年代、京都にあった婦人問題研究会で初めて席を共にした。寿岳《じゅがく》章子《あきこ》さんや脇田晴子さん、清水好子さんと関西の名だたる女性研究者の先達の知遇を得たのもこの場である。当時三十代、駆けだしの社会学者だったわたしは、先輩の女性たちの経験に耳を傾けようと、意識して年長の女性の集まりに出かけた。

その研究会で、ある日、祐子さんが「フェミニズム」について報告をする機会があった。その場に祐子さんは、まだ十代だったか、ひとり娘の麦子さんを伴ってあらわれた。発表の冒頭に口にしたせりふが忘れられない。

「今日は、わたしのいちばんの批判者を連れてきました」

ごまかしを許さない、自分にきびしいひとだった。

祐子さんと旅をした。

アメリカのワシントンDCにアジア学会に参加するために出かけた。荻野美穂さんがいっしょだった。中国研究者の筧久美子《かけひくみこ》さんが率いる女性研究者のグループにごいっしょして、中国の各地を訪ねた。祐子さんが在外研修中のエクス・アン・プロバンスの寓居を、同じ時期に滞在していたドイツからお訪ねして、地元プロバンスの市場で生牡蠣を立ち食いした。淡路島にできた新しいホテルに泊まりたいとお誘いし、春の淡路島でおいしい魚料理をごいっしょした。

どの旅でも祐子さんは、好奇心を全開にして裏通りに入りこみ、現地のひとと交わり、スケッチブックを取りだして絵を描いていた。いつのまに、と思うような早業だった。

遺著になったバルザック『「人間喜劇」総序・金色の眼の娘』（岩波文庫、二〇二四）が、ご遺族のご挨拶と共に送られてきた。長いあとがきに、こんな文章があった。博士論文でバルザックを論じた祐子さんが「バルザックを専攻する研究者にはならなかった」のは、「バルザック論を講義する大学研究職ポストにいなかった期間が長く、その間は自分のバルザック論の読者を確保する、ないしは読者を創出することが難しかった」からと。その結果、祐子さんは「自分がその時々にかかえる生きるための問題を、同じ問題をかかえる仲間たちとともに考えながら、女性史、女性学、ジェンダー論そして生活史研究を名乗るなど、しだいに領域横断型の研究者として仕事をするにいたった」。

順調だった夫の長夫さんのアカデミック・キャリアに比べれば、妻の祐子さんのキャリアは不当、不遇な扱いを受けていた。大阪大学言語文化部仏語担当教員として採用が内定していたにもかかわらず、前職をすでに辞していた祐子さんの人事が大学側の事情で先延ばしになり、祐子さんのキャリアは突然宙に浮いた。密室人事の不当性を法廷に訴えて、勝訴したのは祐子さんの闘いの賜物だった。あの穏やかな女性のどこにそんな闘志が、と思うが、あとになって祐子さんは裁判闘争を「たのしかったわよ」とのたまう。だが、もし採用されていれば、わたしたちはひとりのすぐれたフランス文学研究者を持つ代わりに、日本における女性史・女性学研究のパイオニアのひとりを失っただろう。この事件のおかげで、わたしたちは評伝から文学批評、生活史、占領研究など、祐子さんの多彩な作品の読者となれたのだ。

遺著となったバルザックの翻訳の「訳者あとがき」の日付けは、「二〇二三年夏」となっている。祐子さんは京都の夏を耐えがたく感じておられた。その秋、祐子さんは倒れて、長い闘病の末、帰らぬひととなった。最後の力をふりしぼって、バルザック研究という原点に立ち戻られたのであろう。

このひとと同時代を生きることができてほんとうによかった、と思えるひとが、人生には何人かいる。祐子さんはまちがいなくそのひとりだ。

祐子さん。あなたがわたしと共にしてくれた時間を、わたしは忘れない。

女の自由を求め、日常で戦った　追悼 田中美津

田中美津さんが逝った。

日本のウーマンリブの旗手、と呼ばれた。いまでもウーマンリブは欧米から日本に「上陸した」と思っているひとたちがいる。日本のリブにはそれを引き起こす固有の背景があり、それに借りものでない肉声を与えたのは美津さんである。一九七〇年の十月二一日、国際反戦デーにまかれた無署名のちらし、「便所からの解放」は、美津さんが書いた日本のリブの記念碑的マニフェストだった。「便所」こと、男の性欲処理機としての女性の搾取は、半世紀経った今日も、なくなっていない。妻・母と娼婦、軍神の母と「慰安婦」の分断と対立もなくなっていない。

リブはリベレーション、自由になること。女性解放は何より男たちが女に与えた指定席からの自由を求めた。同時代の男たちが、「革命」という非日常を求めて日常を犠牲にしようとしたとき、リブの女たちは男たちを日常に引き戻し、日常を「戦場」にした。爆弾テロや銃撃戦より、いま・ここの赤ん坊のおむつを誰が替えるのか、そのほうが生

きることにとって、もっと切実で重要な課題だとつきつけた。この問いに答えきれた男たちはいただろうか？

エリート男たちが「自己否定」を叫んだとき、子どものときの性虐待経験から「否定するほどの自己などない」と自己肯定を叫んだ。連合赤軍のアジトへ行ってそこから引き返した。「永田洋子はあたしだ」と宣言して、連赤裁判の傍聴に足を運んだ。中絶の権利を求めながら、自分を「子殺しの女」と呼んだ。米兵に殺された沖縄の少女の写真に感応して、「この子、は沖縄だ」と本土の女の責任を引き受けた。日本の女の被害と加害の錯綜する矛盾と葛藤を引き受けて、「とり乱し」をさらした。

思想は人格化することで、生きた声になる。日本のウーマンリブって何？と問われたときに、田中美津さんのことよ、と答えることができるのが誇らしい。もちろん彼女ひとりではない、彼女のまえにいた女たち、そして彼女のあとに続いた女たち……がつくりあげた波が、のちに「第二波フェミニズム」と呼ばれるようになった。

シングルマザーになり、鍼灸師を生業として、目と手の届く女たちのからだをほぐし、彼女たちのありのままを受けいれた。大きな目標より「ぐるりのこと」に細やかな心を寄せた。わたしは彼女の患者のひとりだった。

美津さんは毀誉褒貶《きよほうへん》のはげしいひとである。リブと言えば彼女だけがスポットライトを浴びることを快く思わないひともいるし、誤解を招く物言いをすることもある。あるとき、「亡くなったら、誰が何を言うかしら、だいたい予想がつくわねえ」という話のついでに、彼女はこう言った。

「上野さん、長生きも芸のうちよ」。あれこれ言うあのひと、このひとがひとりまたひとり、と死に絶えたあとでゆっくり死ねばいいのよ……とカラカラと笑った。

美津さん、あなたの棺はまだ覆われていない。あなたはまだ「過去のひと」になってはいけないのだ。なぜなら、あなたの肉声を、わたしたちはまだまだ必要としているから。

どこにも拠らず考えぬいた　追悼　鶴見俊輔

鶴見さんが、とうとう逝かれた。いつかは、と覚悟していたが、喪失感ははかりしれない。

地方にいて知的に早熟だった高校生のころから『思想の科学』の読者だったわたしにとって、鶴見さんは遠くにあっておのずと光を発する導きの星だった。

京大に合格して上洛《じょうらく》したとき、会いたいと切望していた鶴見さんを同志社大学の研究室に訪ねた。「鶴見俊輔」と名札のかかった研究室の扉の向こうに、ほんものの鶴見さんがいると思ったら、心臓が早鐘のように打ったことを覚えている。おそるおそるドアをノックした。二度、三度。返事はなかった。鶴見さんは不在だったのだ。面会するのにあらかじめアポをとってから行くという智恵さえない、十八歳だった。

あまりの失望感に脱力し、それから十年余り。『思想の科学』の京都読者会である「家の会」に二十代後半になって招かれるまで、鶴見さんに直接会うことがなかった。それほど鶴見さんは、わたしにとって巨大な存在だった。

『思想の科学』はもはやなく、鶴見さんはもうこの世にいない。いまどきの高校生がかわいそうだ。鶴見さんは、このひとが同時代に生きていてくれてよかった、と心から思えるひとのひとりだった。

鶴見俊輔。リベラルということばはこのひとのためにある、と思える。どんな主義主張にも拠らず、とことん自分のアタマと自分のコトバで考えぬいた。

何事かが起きるたびに、鶴見さんならこんなとき、どんなふうにふるまうだろう、と考えずにはいられないひとだった。哲学からマンガまで、平易なことばで論じた。座談の名手だった。

いつも機嫌よく、忍耐強く、どんな相手にも対等に接した。女・子どもの味方だった。慕い寄るひとたちは絶えなかったが、学派も徒党も組まなかった。

哲学者・思想家であるだけでなく、稀代の編集者にしてオルガナイザーだった。『思想の科学』は媒体である以上に、運動だった。

このひとの手によって育てられた人材は数知れない。独学の映画評論家佐藤忠男、「みみずの学校」の高橋幸子、『女と刀』（光文社、一九六六／思想の科学社、一九八八）の中村きい子、作家・編集者の黒川創、批評家の加藤典洋……。わたしもそのひとりだった。そう言える幸運がうれしい。わたしは長いあいだ鶴見さんに勝手に私淑していたが、あとになって「鶴見学校」の一端を占めることができたからだ。

ベトナム戦争のときには、べ平連こと「ベトナムに平和を！市民連合」と、ＪＡＴＥ

C（反戦脱走米兵援助日本技術委員会）を組織した。べ平連に「アラジンのランプから生まれた巨人」こと小田実《まこと》さんを引きこんだのは鶴見さんである。

加藤周一さんらと共に、「九条の会」の呼びかけ人にもなった。二〇一五年の違憲安保法制のゆくえを、死の床でどんな思いで見ておられただろうか。

一九九六年に『思想の科学』が休刊し、十数年後にその意義をふりかえるシンポジウムが都内で開催された。病身を押して奥さまと息子さんに両脇をかかえられながら、京都から鶴見さんが参加された。そのときのスピーチもきわだって鶴見さんらしいものだった。

『思想の科学』の誇りは「五十年間、ただのひとりも除名者を出さなかったことだ」と。社会正義のためのあらゆる運動がわずかな差異を言い立てて互いを排除していくことに、身を以て警鐘を鳴らした。

二〇〇四年に歴史社会学者の小熊英二さんと二人で鶴見さんを三日間にわたってインタビューした記録『戦争が遺したもの』（新曜社）を出したときのことは忘れられない。「何でも聞いてください」と鶴見さんはわたしたちのためにからだとこころを拓《ひら》き、どんな直球の質問にも答えをそらさなかった。思いあまって詰問調になったときには、空を仰いで絶句なさった。その誠実さに、わたしは打たれた。題名を考えたのはわたしだが、話してみて鶴見さんにあの「戦争が遺したもの」の影の大きさを思い知ったからだ。

最終日、鶴見さんの饗応で会食したあと、わたしはこんな機会はもう二度とないだろうと、別離の予感にひとりで泣いた。

鶴見さんはもういない。もう高齢者の年齢になったというのに心許ない思いのわたしに、いつまでもぼくを頼っていないで自分の足で歩きなさい、とあの世から言われている気がする。

色川さん、ありがとう　追悼 色川大吉

鷲田清一さんの朝日新聞長期連載「折々のことば」二千百三十七回に、上野が初登場、以下の文章がとりあげられた。

「自分のなかのよきものを育てたいと思えば、ソントクのある関係からは離れていたほうがよいのです。」

この文章を書くきっかけになったそのひとは、色川大吉さん。わたしのなかからもっとも「よきもの」を引きだしてくださったそのひとが、掲載の翌日、二〇二一年九月七日未明に亡くなった。この日付けの掲載は、奇遇とも言うべきものとなった。

二〇一八年に室内で転倒して大腿骨骨折、それ以来三年半にわたる車椅子での要介護生活を支えたのは、わたしだった。病院にも施設にも行かない、このまま在宅でと、大好きな八ヶ岳南麓の山の家で、最期をみとった。

それができたのは、色川さん自身が「ソントクのない」関係を続けてきたからこそ。さるメディアに「魅力的な男性とは?」と訊かれて、「ソンとわかってソンのできるひと」と答えたことがある。

そのときわたしの念頭にあったのも、色川さんだった。世が「明治百年」に浮かれているときに「民権百年」を唱えて全国を走り廻り、「日本はこれでいいのか市民連合」の共同代表を小田実さんと共に務めた。晩年、「いろんなことをやってきたが、ムダだったなあ」とぽつんと述懐したときの寂しい声は忘れられない。

色川さんに触れた最初のエッセイは一九八九年、朝日新聞の連載エッセイ「ミッドナイト・コール」のなかの、「かさばらない男」だった。

出だしはこうだ。

「『好きな男性は？』と聞かれて、わたしはすかさず『色川大吉さん』と答えてしまった。」

続けてこう書いている。

「色川さんは、小柄で風采のあがらない初老の歴史学者（ゴメンなさい）。見てくれはおしゃれでもなければ、カッコよくもない。このひとは、笑顔がすばらしい。相手の心の中を見透かすような哀しい眼をして、くしゃくしゃと笑み崩れる。」

のちに、色川さんを知るさる方から、「私の知る色川さんは『かさばらない男』どころか、大きな『かさばる』存在でした」と聞かされた。たしかに論敵や気に入らない相手には、とりつくしまもない苛烈な応対をするのを目の当たりにして、背筋が寒くなる思いをしたこともある。

同じエッセイに、こう書いた。

「わたしはこの人に出会って、社会科学が倫理的な学問であることを、カナリアが忘れていた唄を思い出すように、思い出した。」

色川さんは戦争中の話や生い立ち、歴史的なできごとなど、たくさんの話をしてくれた。わたしが歴史研究に赴き、憲法を論じるようになったのは、このひとの影響である。わたしが選択に迷ったときには、ためらわず背中を押してくれた。

東京帝国大学出なのに、東大嫌いの色川さんは、東大から異動のオファーがあったときのことを話してくれた。彼は東京経済大学という私学に定年まで奉職して、一度も異動しなかった。歴史学科もなく歴史専攻の大学院もない経済系の大学で、弟子を育てるのは難しかっただろうに、東大からのオファーを彼は断った。曰く「渇しても盗泉の水は汲まず」。官から禄《ろく》を食《は》まないという決意である。そのとおり、天皇制批判はもとより、舌鋒鋭く世を批判した。そのせいか、退職後にいかなる官職も提示されず、またあまたの業績にもかかわらず叙勲の話も出なかった。

二〇一九年、わたしが東京大学から入学式の来賓祝辞の依頼を受けたときのことだ。あまりに想定外だったので何かの悪い冗談かと思い、断る気満々で色川さんに「あのね、東大からこんなことを言ってきたのよ」と告げたら、思いがけない反応が返ってきた。

「ためらわず、受けなさい」と。

「え、東大、キライじゃなかったの？」と訊ねたときの答えがこうだった。

「キミがあの場で話したら、日本中の女性が励まされる」

真顔だった。そしてそのとおりになった。

色川さんがいなくなったいまも、こんなとき、あのひとならどう言うだろう、と考える。

色川さんはご自分のなかの「もっともよきもの」をわたしに与えてくださった。どこかへ行くときも、何かをするときも、「もっともよきもの」をわたしと分かちあうように、配慮してくださった。

色川さんは人間としてほんとうに上等なひとだった。しかも、少年らしい純粋さや正直さを持ちあわせていた。それだけでなく、生きることの哀しさと孤独をよく知っている、おとなの男でもあった。感傷的でドラマに泣き、知己の死に慟哭する姿を、わたしに見せた。

色川さんはわたしをほかのひとに紹介するときに、こう言ってくださった。

「ボクの親友です」

パートナーとは呼ばれたくない。家族のような、とも違う。

色川さんはわたしより二十三歳年長。生まれた時代も育った社会も違う。戦争中の話はいくら聞いても外国の話のようで、理解が及ばない。異文化と言ってもよい。だが、ひとりの人間としての芯にある孤独と矜持、優しさは身に沁みた。

ほかのエッセイで、こう書いたこともある。

「星と星とがふと立ちどまって、たがいの光に見惚れるような」——と。

色川さんとわたしとの関係は、そのようなものだったかもしれない。太陽に照らされる月ではない。月を照らす太陽でもない。星はひとつひとつ自ら孤独に光る。そしてつかのまニアミスをしたあとに、互いに溶けあうことなく、去って行く。

このひとの晩年に共に時間を過ごすことができたことは、わたしにとってえがたい幸運だったと思う。多くの方が色川さんの晩年がこんなに豊かで幸せだったのは、上野さんのおかげだね、と言ってくださる。でも、同じように幸せなのはわたしのほうでもあった。

信心のない色川さんには神も仏もない。魂も来世もない。

お墓はいらない、色川家代々之墓に分骨もいらない、散骨をしてほしいと、お骨を灰にしてお預かりした。「歴史の墓掘り人」を自認し、他人の墓を訪ね歩いたそのひとが、ゆかりのあるひとたちが手向けをするための墓標もつくらないというのは矛盾しているかもしれない。だが「あの世で会える」などと気休めも言わないまま逝ってしまうのが、色川さんの潔さだった。

ひとは死んでゆくものだ。わたしにあるのは、ただただ喪失のいたみである。

色川さん、ありがとう。そして……さようなら。

あとがき

音楽に長調と短調があるのはご存じだろう。英語で言うとメジャーとマイナー。ノートには調べ、という意味がある。

人格にもメジャーノートとマイナーノートがある。

「上野さん、どうしていつもそんなに元気で活きいきしてるんですか」と訊かれる。

「秘訣を教えてください」とも言われる。

「なに、簡単です。そうじゃない部分を他人さまには見せないだけです」と答える。

そうじゃない部分。自分のなかにゆっくりとマイナーノートで流れる時間。

それを汲み上げてそっと差し出すようなエッセイを、書いてみたいと思った。

いや、正確に言うと、ひとりの編集者が、そんなエッセイを読みたい、と言ってきた。

NHK出版の小湊雅彦さんである。

このひととはかつて『ひとりの午後に』というエッセイ集を出したことがある。

それまでもそれからも、求められてさまざまな媒体で時局発言をしてきた。文字どおり、『時局発言!』（WAVE出版、二〇一七）というタイトルの著書もある。社会の不条理に怒り、災厄に巻きこまれた人びとのゆくえに心を痛め、政府の無策に腹を立て、世の中の無関心を嘆いた。それが自分の役割だと思った。時局発言は、時局が変われば用済みになる。そのように自分のことばも使い捨てられていく運命だと感じた。

だがその表の顔の背後に、うずくまった小さな声があった。

この編集者は、それを聴き逃さなかった。

エッセイ集を出したい、と言ってきた。いろんなところに書き散らかしたエッセイやコラムがありあまるほどあったので、これでどうです?と言った。

そしたら「いや、そんなのじゃなくて……ぼくの読みたいのは」と返ってきた。

書き手にとって編集者は最初の読者である。

この本はそんな注文の多い「最初の読者」に宛てて書いた、マイナーノートのエッセイ集である。そしてこの最初の読者を通じて、あなたのもとへも、小さなつぶやきは届く。

本書はNHK出版のウェブマガジンに「マイナーノートで」と題して連載したエッセイをもとに、他の媒体に書いたものを含めて収録した。初出時から書き換えたものもある。

〈わたくし〉というものをつくった「通奏低音」から始まって、転調の「インテルメッツォ」がはさまり、「リタルダンド」とゆっくり降りてゆき、最後に「夜想曲」のなかにいくつもの挽歌が響く。

いつのまにか人生の多くが過去になった。いつのまにか多くのひとを見送った。

いつか、わたしもまた、見送られる側になるのだろうか。

わたしのために誰かが挽歌を歌ってくれるだろうか。

下り坂の風景は、なぜだか、なつかしい。これをわたしは知っている、という気分になる。

昔から夕景が好きだった。わたしが見たのと同じ夕景をわたし以前にも誰かが見て、わたし以後にもほかの誰かが見るだろう。そのときに、これがあの夕景なのね、と気がついてくれたらいい。

そんなあなたに、このマイナーノートがひっそり届けばよい、と祈りながら。

秋立つころに

上野千鶴子

＊初出一覧

Ⅰ

通奏低音

「父の娘」として　『文藝春秋』二〇一七年八月号

棄教徒　NHK出版ウェブマガジン「本がひらく／マイナーノートで」第二十二回、二〇二三年一月一八日

犬派　「マイナーノートで」第二十一回、二〇二二年一二月一九日

衛生観念　「マイナーノートで」第二十五回、二〇二三年四月一一日

師匠のDNA　「マイナーノートで」第八回、二〇二一年一一月一七日

後悔だらけの人生　「マイナーノートで」第九回「任侠映画とMy Way」改題、二〇二一年一二月一五日

役に立つ、立たない？　「マイナーノートで」第十回、二〇二二年一月二四日

捨てられない理由　「マイナーノートで」第十七回、二〇二二年八月二四日

不要不急　「マイナーノートで」第一回、二〇二一年四月一三日

Ⅱ

インテルメッツォ

チョコレート中毒　『てんとう虫』二〇二二年二月号

寿司食いてぇ……　「マイナーノートで」第十一回、二〇二二年二月二三日

フラワーボーイ　「マイナーノートで」第二十三回、二〇二三年二月七日

芝居極道　「マイナーノートで」第二十九回、二〇二三年八月二四日

山ガール今昔　『山と渓谷』二〇二三年四月号

森林限界　「マイナーノートで」第三十回、二〇二三年九月一四日

トイレ事情　「マイナーノートで」第二十七回、二〇二三年六月二三日

テキストのヴェネツィア　『Monkey Business』2011 summer Vol.14

旅は人の記憶　『まほら』二〇〇七年一〇月号

III

リタルダンド

被傷体験　「マイナーノートで」第六回、二〇二二年九月一五日

娘が戦争に志願したら？　「マイナーノートで」第十三回「戦争の男女平等」改題、二〇二二年四月二〇日

学校に地雷を置いてきた……　「マイナーノートで」第十二回「自分で問いを立てる〜高校生との対話」改題、二〇二二年三月二三日

変わる月経事情　「マイナーノートで」第十四回「月経事情、今昔」改題、二〇二二年五月二五日

度はずれたナルシシズム　「マイナーノートで」第二回「自己への関心・他者への関心」改題、二〇二一年五月一二日

産まないエゴイズム？　「マイナーノートで」第五回「不産ハラスメント」改題、二〇二一年八月一八日

認知症当事者から見える世界　「マイナーノートで」第七回「認知症当事者のもたらしたパラダイム・シフト」改題、二〇二一年一〇月二〇日

医者の死に方　「マイナーノートで」第十九回「医療者と死」改題、二〇二二年一〇月二六日

憤怒の記憶　「マイナーノートで」第四回、二〇二一年七月二一日

とりかえしのつかないものたち　「マイナーノートで」第三十二回、二〇二三年一一月二二日

死ぬ前に赦し赦される関係を　『ＰＨＰほんとうの時代Ｌｉｆｅ＋』二〇一一年八月号

IV

夜想曲

感情記憶はよみがえるか　『淡交』二〇二二年八月号

手の年齢　「マイナーノートで」第二十八回「ハンド・モデル」改題、二〇二三年七月二〇日

転倒事故　「マイナーノートで」第二十回、二〇二二年一一月二三日

おひとりさまのつきあい　「マイナーノートで」第三回、二〇二一年六月一六日
上野千鶴子基金設立　「恩送り」へ　「朝日新聞」（石川版）二〇二三年六月七日
才能を育てた才能　『ユリイカ』二〇一三年六月号
「男らしい」死　『表現者 criterion』二〇一八年五月号
中井さんは「神の国」へ行ったのか？　『現代思想』二〇二三年一二月臨時増刊号
戦後最大の女性ニヒリスト　『群像』二〇二三年六月号
わたしたちはあなたを忘れない　『現代思想』二〇二二年一一月号臨時増刊号
ごまかしを許さないきびしさ　ウェブサイト「ウィメンズアクションネットワーク」二〇二四年六月二八日
女の自由を求め、日常で戦った　「朝日新聞」二〇二四年八月一二日
どこにも拠らず考えぬいた　「朝日新聞」二〇一五年七月二四日
色川さん、ありがとう　三木健編『民衆史の狼火を　追悼 色川大吉』二〇二二年五月

上野千鶴子（うえの・ちづこ）

1948年、富山県生まれ。社会学者、東京大学名誉教授、認定NPO法人ウィメンズアクションネットワーク（WAN）理事長。女性学、ジェンダー、介護など、幅広い分野で活躍。著書に『近代家族の成立と終焉』『生き延びるための思想』（共に岩波現代文庫）、『おひとりさまの老後』（法研／文春文庫）、『こんな世の中に誰がした』（光文社）、『フェミニズムがひらいた道』（NHK出版）、『ひとりの午後に』（同前／文春文庫）など多数。

マイナーノートで
2024年10月25日　第1刷発行

著者　上野千鶴子

発行者　江口貴之
発行所　NHK出版
〒150-0042
東京都渋谷区宇田川町10-3
電話　0570-009-321（お問い合わせ）
0570-000-321（ご注文）
ホームページ　https://www.nhk-book.co.jp
印刷　三秀舎／大熊整美堂
製本　ブックアート

Printed in Japan
ISBN 978-4-14-081977-7 C0095